型破り傭兵の天空遺跡攻略
Funky soldier conquering the ruins of the Sky

「いいぜ、引き受けた。
そこの娘さんを一人前の騎士にしてやろう」
「『騎士もどき《ネームレス》』、俺はお前を買っている。
うちの副団長を一人前に育て上げてくれ」
アインハルト・ウィラー
『騎士もどき《ネームレス》』と呼ばれる傭兵。
腕は抜群だが、
トラブルメイカーの厄介者。

ギルベルト・リンデンベルク
“叡智の雫《ウィズダム・ドロップ》”団長。
「だ、団長！　私は傭兵に育てられるつもりなんてありません！」
アリア・カートライト
“叡智の雫《ウィズダム・ドロップ》”副団長。
十四歳の若さで副団長に任命され気負いぎみ。

「『大地迸る蛇《レクタ・ファルマ》』！」
ゴードン・ブランデス
“叡智の雫《ウィズダム・ドロップ》”No.3。
戦闘だけなら団長に次ぐ実力。

「《渦巻け炎、風を纏いて災禍と成れ》――
『灼火の暴風《アベラトル・テンペスタス》』！」
エフィ・セフェリス
“叡智の雫《ウィズダム・ドロップ》”団員。
高火力の魔法のみに特化した
魔道士。

「相手が誰だろうと、
俺は俺の仕事をするだけだ」

「死ぬまで敵の足止めをするように。
あなたに敬意を表します。
さらばです、偉大なる傭兵」

乙女たちの休日の一幕

型破り傭兵の天空遺跡攻略

三上こた

角川スニーカー文庫
22235

口絵・本文イラスト／坂野太河
口絵・本文デザイン／草野剛デザイン事務所

Funky soldier conquering the ruins of the Sky

CONTENTS

序章　ある少年の絶望

Funky soldier conquering the ruins of the Sky

――そうして、俺はたった一人、この無音の暗闇に取り残された。

血塗《ちまみ》れの胴体と、ガラクタになった手足。
少しでも身体《からだ》を捻《ひね》れば内臓《なかみ》が零《こぼ》れそうで、既に痛覚なんてものはない。
もはや死にゆく他に道がない肉体。
この真っ暗な遺跡の中、誰に看取《みと》られることもなく、俺は短い生涯を終えるのだろう。
後悔はない。やりきったという達成感すらある。
だけど、

「……なんだ。頑丈に出来てんな、俺」

まだ、ほんの少しだけ動けるようだ。
ならば、死の運命とやらに抵抗してみようか。
どうせ意味のない抵抗。失敗に終わっても何の悔いも残らない。
言ってしまえば、ただの暇潰し。

意識があり、身体が動く。そして何より、もう一度見たい顔がある。
それなら、最期まで足掻《あが》いてみるのが人間らしいのでは、騎士らしいのではないかと、
そう思っただけだ。
「……ま、どこまで行けるのか分からないけど」
呟《つぶや》き、動き出す。
死にゆく身体を引きずり、小指の爪ほどしかない生存の可能性を目指して。

——振り返ってみると。
これは俺の人生で最大の誤りだった。
俺はこの時、絶対に死んでおくべきだったのだ。
そうしていれば——地獄はここで終わったのに。

一章　鋼の街と空の騎士団

Funky soldier conquering the ruins of the Sky

「私は反対です！」

団長室に、少女の怒声が響いた。

首元で括《くく》った銀色の長髪を揺らし、赤い目に激情を宿しながら、彼女は目の前の男を睨《にら》み付ける。

「『騎士もどき《ネームレス》』を我が空挺《くうてい》騎士団に入れるなんて、何を考えてるんですか！　団長！」

張り詰めた空気。

部屋の隅に固まった団員たちは一切口を開くことができず、その怒りに身を竦《すく》ませる。

弱冠十六歳という年齢でありながら、少女には大人たちを凌駕《りょうが》する存在感があった。

そんな中、団長と呼ばれた男だけは面白そうに少女を見つめ返している。

褐色の肌と筋肉質な肉体。猛牛を思わせる巨軀《きょく》には、いくつもの古傷が刻まれており、彼が歴戦の騎士であることが窺《うかが》えた。

「何を考えてるって？　そりゃあ『空の遺跡《ロストガーデン》』攻略のことを考えてるに決まってるだろ。うちの団員だけじゃ攻略は不可能だから、外から傭兵《ようへい》を雇う。傭兵の中で一番腕があったのが『騎士もどき』だったから、奴《やつ》を採用する。何かおかしいところでもあるかい？　アリア」

少女――アリアにそう切り返しながら、団長は部屋の窓に目を向けた。

窓の外に広がるのは、一面の空と雲。

その先に、大きな空中都市が見えた。

植物が生い茂り、外装は剝《は》げていながらも、まだ大空に浮遊し続ける古代都市の遺跡。

『空の遺跡』。

彼ら空挺騎士団の面々から、そう呼ばれている存在だ。

「大ありです。『騎士もどき』の評判を知らないわけではないでしょう。腕は立つものの協調性のない問題児。傭兵の中で最も扱いづらい者の一人と言われている自由人だと」

曰《いわ》く、『空の遺跡』内部での単独行動の常習犯。

曰く、彼と行動を共にした者は必ず心に傷を負う。

曰く、私生活にだらしなく、集団行動ができないはぐれ者。

その実力の高さと比例するように、悪い噂《うわさ》、怪しい噂も後を絶たず、多くの騎士団から『便利な厄介者』として扱われている存在だ。

正直、アリアの一番苦手な人間性である。

　しかし、彼女の懸念を、団長は鼻で笑った。

「傭兵に協調性など最初から求めとらん。大事なのは腕が立つかどうか。そして職務に忠実かどうかだけ。その点で見れば、あの男ほどの逸材はそういない」

「……ですが、遺跡攻略には仲間との連携が必須です。自分本位な人間が入ることは、時に致命傷を生むでしょう」

　なおも言い募るアリアに、団長は肩を竦め、わざとらしく溜《た》め息《いき》を吐《つ》いてみせた。

「そこまで言うなら仕方ない。お前なら奴を使いこなせると思って雇ったんだが、まあ俺の勘違いだったらしいな」

　その言葉に、ピクリとアリアの眉が動いた。

「……どういう意味ですか」

　まんまと食いついたアリアに、団長は老獪《ろうかい》な笑みを浮かべてみせた。

「言葉通りだが？　お前なら多少厄介な傭兵でも使いこなせると思って、あの男を買った。だが、お前にはそれができないんだろう？　なら、違約金を払ってあの男には帰ってもらうしかない。なに、金なら気にするな。あの男は実力の割に手頃な報酬の男でね」

「誰も使いこなせないなんて言ってません！」

　少女の激高も、百戦錬磨の男には届かない。

「言ってるのと同じさ、アリア・カートライト副団長。少々人格に問題がある程度で能力のある人間を使いこなせないというのなら、お前の器はその程度ということだ。副団長ともあろうものがこの有り様では、うちの未来も暗いな？」

思わず、アリアは黙り込む。

安い挑発ということは分かっていた。

しかし、団長の言葉に一理あることも事実。

そしてその一理を認めてしまった以上、この挑発から逃げることは彼女の自尊心が許さなかった。

「……いいでしょう。その傭兵、私が使いこなしてみせます」

その答えに、団長は満足そうに頷《うなず》いた。

「それでこそだ。では空挺騎士団『叡智の雫《ウイズダム・ドロップ》』副団長、アリア・カートライト。『騎士もどき』を見事使いこなし、双子遺跡を攻略せよ」

威厳ある団長としての命に、アリアの背筋も伸びる。

「――かしこまりました」

そうして彼女は一礼すると、くるりと踵《きびす》を返して部屋を出ていった。

それを見送ってから、団長は一人ほくそ笑む。

「……さて、うちの堅物副団長は、あの傭兵をどう使うかね」


空の上には、かつて神様が住んでいた遺跡がある。

そんなことは子供でも知っている常識で、そんな遺跡を求めて空から空へと飛び続ける人たちがいるというのも、また常識。

空挺騎士と呼ばれる彼らは、今や世界の中心であり、彼らの元には商機を求めて行商人や武器屋、雑貨屋、その他諸々《もろもろ》、多くの人間が集まっている。

たとえば、俺みたいな傭兵も。

「うおー、今度の鋼船都市《こうせんとし》はでっけえなあ」

連絡船から降りた俺は、目の前に広がった景色に思わず感嘆の声を上げた。

見渡す限りの建物と人の群れ。

市場では人々が買い物に勤《いそ》しみ、また子供たちが遊び回る姿も見える。

まるでお祭りでもやっているような活気。前にいた鋼船都市の倍は人口がありそうだ。

「ここが船の上なんて信じられない規模だな」

石畳で出来た通路の脇には小川が流れており、等間隔で木も植えられていた。

鋼船都市とは、空を飛ぶ鋼鉄の船の上に出来ている街のことである。

この船一隻が独立した一つの国家として機能しているが、空を飛ぶという関係上、そこまで都市機能を充実させられないものも多い。

にもかかわらず、この街のなんとしっかりしたことか。

ここ一年で、一番の都会かもしれない。

「これなら遊ぶ場所も色々とありそうだ。まずは美味《うま》い酒が飲める場所でも探すかなー」

上機嫌になった俺は、独り言を呟きながら街を観光して回ろうと歩き出す。

「――雇い主への挨拶より先に、まず遊ぶ場所の確保ですか。急を要する案件だと伝えていたはずですが、これは聞いていた以上の問題児ですね。高い報酬を払うのですから、観光気分は捨てていただきたい」

唐突に、どこかから冷たい声を浴びせられた。

振り向くと、そこには不機嫌そうに眉をしかめた一人の少女が。

首の後ろで束ねた銀色の髪、紅玉《ルビー》をはめ込んだような赤い瞳。

黒を基調としたシャツに赤いスカートという軽装ながらも、金属の胸当てや肘当てを着けている姿は、紛れもなく空挺騎士のものだった。

「『叡智の雫』の人間か？」

訊《たず》ねると、少女は胸を張って頷いた。

「ええ。空挺騎士団『叡智の雫』、副団長のアリア・カートライトです。あなたは『騎士もどき』――アインハルト・ウィラーで合っていますか？」

「おう。無駄に長いし、ハルトって呼んでくれていいぞ。よろしくな、アリア」

握手をしようと手を差し出してみたが、アリアは難しい表情をしたまま、握り返そうとしてこない。

「……よろしくお願いします」

アリアは申し訳程度に答えると、握手をしないまま踵を返した。

ありゃりゃ、嫌われちゃったかねえ。随分と真面目な子みたいだ。

あるいは、俺と組むのがよほど不本意だったか。

「私たちの本拠地に案内します。付いてきてください」

「あいよー」

事務的な彼女の言葉に応じ、その背中を追った。

まあいい、俺の悪評なんて今更だ。こういう態度を取られるのも初めてじゃない……っていうか、これが普通の反応である。

そんなものでいちいち傷つくほど、俺は純朴な男ではないのだった。

「にしてもさ、アリアって何歳？　さっき副団長とか言ってたけど、随分と若いのな」

俺は隣に並ぶと、少しでも仲良くなろうと会話を試みた。

「十六歳です。副団長になったのは一昨年《おととし》で、今はまだ見習いのようなものです」

アリアは乗り気じゃないようだったが、それでも会話に応じてはくれた。

「ほう、稀《まれ》に見る出世の速度だな」

十六歳ということは、俺の二歳下である。その歳《とし》でたいしたもんだ。

「いいえ、あくまで見習いですから。おかげで色々と厄介事も背負わされて大変です」

「そうか。まあ俺が来たからには安心だな。その厄介事とやらを見事に解決してやろう」

胸を張って請け負う俺に、アリアは無言で白い目を向けてくる。察するに『お前が厄介事筆頭なんだよ』というところか。

「……もういいです。ほら、着きました」

くだらない話をしているうちに、本拠地とやらに着いたらしい。

俺の背丈の十倍はあるだろうか、鉄と石で出来た巨大な白亜の建物。

「おー」

その威圧感に、思わず唸《うな》ってしまう。

「団長は中にいます。行きましょう」

俺が本拠地に感心したのが誇らしいのか、アリアはさっきまでより少しだけ柔らかい態度になる。

彼女に付いて中に入ると、外よりも少しだけひんやりとした空気に出迎えられた。

少し湾曲した廊下に、同じような作りの部屋がずっと続く構造。

階段を見つけるのは難しく、初見では迷子になること間違いなしのややこしい建物になっていた。

「……なるほど。この都市も色々と大変そうだな」

思わず呟《つぶや》くと、アリアは俺のことを一瞥《いちべつ》した。

「どういう意味ですか？」

「そのままの意味さ。この都市、治安悪いだろ。特に騎士団同士の喧嘩《けんか》がしょっちゅう起きてる。こりゃ昨日今日の因縁じゃないな。昔からそういう連中が集まる場所ってことなんだろう」

騎士というのは、優れている奴《やつ》ほど気性が荒いことが多い。

求心力《カリスマ》のある人物がいて、そいつに全ての騎士が統率されているのならともかく、同じような力の騎士団が街にいくつかあると、こういう問題はよく起きる。

「……急によく分からないことを言うんですね。どこを見てそれを判断したのですか？」

警戒するように訊ねてくるアリア。

「本拠地がこんな構造してりゃあな。これ、攻め込まれる前提の作りだろ。案内なしに乗り込んできた人間が迷うように作ってある。争いのある証拠だ」

簡単な所感を述べるも、彼女は無表情を貫いた。

「なるほど。しかし、それだけの情報では、内部の争いかどうかは断定できないでしょう。もしかしたら、他の鋼船都市と揉《も》めているのかもしれませんよ」

「それはない」

アリアのかまかけを即答で否定する。

「他の都市と揉めているのなら、街全体を迷路にするはずだ。騎士団本拠地の内部なんていう、街で一番攻略の難しい拠点の防備だけを厚くする意味はない。この街の表通りは無防備で、分かりやすく作られていた。外敵に備えているわけじゃないのは一目瞭然だ」

だから、この構図は内部での勢力争い――即《すなわ》ち、騎士同士の武力衝突が起きているとしか説明が付かないのだ。

俺の推測に何を思ったのか、アリアは認めるように吐息を漏らす。

「……世界を見てきた人間の観察眼、ですか」

「まあ、そんなとこ」

別にそこまで自慢するほどのことでもない。

いくつかの鋼船都市を巡れば、誰でも分かるようになることだ。

アリアは納得したように頷《うなず》くと、少し苦々しげな表情をした。

「うちも荒々しい人間がいくらかいますから。『騎士もどき』、あなたのような態度だと、厄介事に巻き込まれかねませんよ」

「ほう、そりゃ楽しみだ」

俺が笑ってみせると、アリアは露骨に嫌そうな顔をした。

「……一応、警告はしましたから。あとはどうなろうと自己責任です」

「了解」

気楽に頷くと、会話が途切れる。

そのまましばらく歩くと、一際豪華な作りをした扉の前に辿《たど》り着いた。

「ここです――団長、アリアです。ただ今戻りました」

扉を叩《たた》きながらアリアが声を掛けると、中から渋い声で「入れ」と返ってきた。

アリアと二人、室内に入る。

広い割に物が少ない、淡泊な室内。

騎士はいつ死ぬか分からないため、常に身の回りの整理をする奴が多いが、この部屋の主《あるじ》も、そういう系統の人間なのだろう。

そんな評価を下しながら、部屋の奥にある執務机に座った男に目を向ける。

——強いな。

それが、第一印象だった。

筋肉質な浅黒い肌と、一瞬で俺を観察し終えた鋭い瞳。

いくつもの死線をくぐり抜けてきた、熟練の騎士特有の雰囲気がある。

そんな第一印象とは裏腹に、団長とやらは立ち上がるなりニカッと豪快な笑みを見せて歩み寄ってきた。

「よく来たな、『騎士もどき』。鋼船都市リーザルトと、騎士団『叡智の雫』へようこそ。俺が団長のギルベルト・リンデンベルクだ。お前を歓迎しよう」

言いながら、その大きな手のひらを俺に向けてきた。

「ああ、よろしく団長殿。アインハルト・ウィラーだ。ハルトって呼んでくれ」

互いに軽く力を込めた握手。

触れ合うと更によく分かる。この男、俺が出会った中でも最上位の強さだ。

握手を解くと、彼はまた執務机の椅子にどっかりと腰を掛ける。

「さて、ハルト。お前の処遇は副団長に一任してある。基本的に俺は関知しないものだと思ってくれ」

突き放すような団長の言葉に、俺は大人しく頷いた。

「了解。ま、誰の駒だろうと関係ない。俺は俺の仕事をこなすだけだ」

「はっはっは。頼りになるな？　アリア」

今まで黙っていたアリアに話を振ると、彼女は心なしか不機嫌さが滲《にじ》む無表情のまま溜《た》め息《いき》を吐《つ》いた。

「……そうですね」

反論するのも面倒くさい、と言いたげな肯定。

本当に俺を使うのが不本意だったんだろうなあ。まあ、普通の人間はだいたいこういう反応を示すものだけど。

自分で言うのもなんだが、基本的に自由気ままな男なので、雇う側にとっては非常に使いづらい男である。直すつもりもないけどね。

一通り挨拶が終わったところで、団長が居住まいを正す。どうやら本題に入るらしい。

「さて、依頼する時にうちの者が説明しているはずだが、念のためにもう一度話しておこう。我々の攻略目標を」

団長は横目で窓の外を見る。

視線の先を追うと、そこには雲の合間に浮かぶ空中都市があった。

『空の遺跡』、そう呼ばれる迷宮である。

「我々が目指すのは、あの『空の遺跡』。通称、双子遺跡だ」

「双子遺跡？」

珍しい名称に訊《たず》ね返すと、団長は静かに頷いた。

「そう。あの遺跡には、全く同じ構造をした、いわば兄弟のような遺跡がある。今窓の外に見えている遺跡が『弟』。そして、ここから二千五百メイル離れた先に『兄』とされる遺跡がある」

「なるほど。で、その特性は？」

『空の遺跡』の中には、たまにこういった変わり種がある。

この手のものは、だいたい普通の『空の遺跡』と違う特性があり、攻略難易度が上がるのだ。

「双子遺跡は、助け合いの機能を持っているそうです」

答えたのは、団長ではなく、さっきから黙っていたアリアだった。

「どちらかの遺跡が攻撃を受けると、もう片方の遺跡から戦力が転送される仕組みになっているようです。それぞれの攻略難易度はBですが、侮れません」

「それはまた」

思わず苦笑してしまう。

攻略難易度Bとは、また実に厄介だ。
S、Aに次ぐ攻略難易度であり、これを二つ同時に攻略できるのは、恐らく世界中の騎士団の中でも上位五パーセント程度だろう。
「さすがに無茶《むちゃ》なんじゃないか？」

『叡智の雫』はかなり上位の騎士団だが、それでも事前の調査では騎士団等級《ランク》はA。難易度Bの『空の遺跡』を二つ同時に相手できるほどの力はないはずだ。

率直な感想を告げる俺に、団長は満面の笑みで頷いてみせる。

「文字通り冒険にはなるだろう。が、神々の遺跡と、神々がいた時代の歴史解明は騎士に課せられた使命であり、人類の悲願だ。挑まないわけにはいかん」

人類の悲願ねえ……さすが騎士様は言うことが違う。

完全に自分のために戦う傭兵《ようへい》の俺には、ちょっと相容《あいい》れない思想だ。

とはいえ、依頼主の思想信条を否定するつもりもないが。

「分かった、尊重する。けど、どんな理想を掲げても、実際に攻略する能力がなけりゃ死ぬだけだぞ？」

「だからこそ、お前を呼んだんだ。『騎士もどき』、俺はお前を買っている。この遺跡探索を機に、半人前のうちの副団長を一人前に育て上げてくれ」

ああ――なるほど。

そうか、それで俺が呼ばれたのか。

「だ、団長！　私は傭兵に育てられるつもりなんてありません！　そもそも指揮権は私にあり、彼は私の指揮下に――」

団長に未熟を指摘されたアリアは顔を赤くして上司に食ってかかっていた。そういうところが未熟と言われる所以《ゆえん》なんだろうけどな。

「いいぜ、引き受けた。そこの娘さんを一人前の騎士にしてやろう」

俺はさらっとアリアの文句を受け流し、団長の依頼を受けた。

「あなたも何を勝手に承諾してるんですか！」

射殺すような視線を向けてくるアリアに、俺は最高の笑顔を向けてやる。

「はっはっは、安心するがいい。俺ほど厄介な奴を使いこなせれば、お前も自然と一人前になっているはずだ」

胸を張って請け負う俺に、アリアは頭痛を堪《こら》えるようにこめかみを押さえた。

「じ、自分で言うことじゃないでしょうに……自覚があるなら、直そうとか思わないんですか？」

「思わないね！　周りが俺の行動で困ったとしても、俺は特に困らないもの！」

「清々《すがすが》しいほど自己中心的ですね！　最低です！」

だからこそ、アリアにとっては試練になるんだけども。

まあいい。この騎士団が俺をどう見ているかは分かった。ならば、期待に添う仕事をしよう。

「ともあれ、まずは先立つものがないと何もできないな。団長、報酬ください。もちろん全額前払いで」

俺は団長に向けて両手を差し出し、お金を要求する。

が、何が気に入らなかったのか、横にいたアリアがバチンと音が鳴るほど俺の手を叩いてきた。

「非常識にもほどがあるでしょう！　こういうのは半分だけ前払いして、残りは成功報酬なのが通常の手続きで――」

説教を始めようとするアリアを、団長が手で制する。

そして、机の引き出しから、中身がぎっしり詰まった革袋を取り出した。

「いや、いいんだ。こいつには特別に全額前払いとする」

その言葉に、アリアは困惑したように眉尻を下げた。

「団長……何を言っているんですか、よりによってこんな適当な奴相手《やつ》に。下手したら報酬だけ持ち逃げしかねませんよ」

「そんな奴だったら、とっくに干されているはずだ。悪評も多いとはいえ、ここまで多くの騎士団の信頼を得て仕事をしてきた男だぞ、そいつは。それに、報酬額も実力の割に格安だからな。前払いくらい気前よくやってやろうじゃねえか」

さすが団長、話が分かる。

俺は後押しするように革袋を摑《つか》むと、アリアに見せつけた。

「悪いね、お嬢さん。俺は宵越しの銭は持たない主義なんだ。どんな仕事も全額前払い。それが俺の流儀なのさ」

さすがに報酬を力ずくで取り返すつもりはないらしく、アリアはそれ以上食い下がってくることはなかった。

「……いいでしょう。きちんと仕事をしてくれるのなら、異存はありません」

気が強いが上司には忠実で、意外と素直な一面もある。動物でいうと犬だな、この子。

割と好きな性格だ。向こうとしては甚だ不本意だろうが、気に入った。

「おー、やっぱり金貨の重さっていうのはいいね」

俺は受け取った革袋の中身を確認する。

契約通りなら、多くの鋼船都市で信用の高いルイン金貨が千枚あるはずだ。

これだけあれば、よほど贅沢《ぜいたく》しない限り五年は暮らせるだろう。

一見すると高いように見えるが、俺と同じくらいの実力の傭兵を雇おうとしたら、普通はこの三倍近くかかる。

俺は庶民の味方なので、安い報酬で扱《こ》き使われてやる偉大な男なのだ。

しかし、ここで一つ問題が。

「参ったな……これだけの金貨を使い切れるほど遊ぶ場所あるのか？　ここ」

いかにこの鋼船都市が都会とはいえ、ちょっと不安がある。

深刻な問題に俺が頭を悩ませていると、アリアが呆《あき》れたように顔をしかめた。

「……貯金しようとか、そういう考えはないんですか？」

「馬鹿野郎。明日死ぬ奴は明後日《あさって》の分の金を使えないんだぞ。確実に生きてる間に全額使い切るのがいい人生ってもんだろう」

「刹那的すぎますね……ほんと、傭兵っていうのは分からない」

価値観の相違を埋められなかったらしく、アリアは首を横に振った。

「なに、無理に理解しなくてもいい。ただ尊重さえしてくれれば。というわけで、今から遊びに行きたいので案内してください」

さすがに着いたばかりの鋼船都市だと、遊ぶ場所を見つけるのも難しい。

堅物っぽい副団長にどれだけ期待できるかは分からないが、現地人の案内は欲しいところだ。

が、それが癇《かん》に障ったのか、アリアはギロリとこっちを睨《にら》んでくる。

「あのですね、三日後には双子遺跡の攻略が始まるんですよ。私は指揮官として、準備をしなくちゃいけないんです！　今回あなたを迎えに行ったのだって、かなりギリギリで予定を調整したんですから！」

とりつく島もなく拒絶する副団長に、俺は茶化《ちゃか》すように肩を竦《すく》めてみせた。

「おいおい、信頼関係ができていない相手に命を預ける気か？　きちんと相互理解の時間を取ったほうがいいと思うけどなあ」

「そ、それは……」

言葉に詰まるアリア。よし、ここが押し時だ。

「では訊《き》こう、アリア・カートライト副団長。お前はいざという時、俺に命を預けることを躊躇《ためら》わないのか？」

沈黙。

ここで即答できない程度の関係しかない以上、実際に命が懸かった場面で俺たちは確実に機能不全に陥る。

アリアにもそれが分かったのか、一つ溜《た》め息《いき》を吐《つ》くと、肩を落としながら頷《うなず》いた。

「……分かりました。確かに、あなたとは対話の時間が必要です」

渋々ながらの了承に俺は笑顔で頷くと、金の入った革袋を掲げて歩き出した。

「よっしゃ、そうと決まれば飲みに行こう！　金なら心配するな、全部おごってやろう！

なので、できるだけ美味《おい》しい店を紹介してください」

はしゃぎだす俺とは対照的に、アリアは疲労を滲《にじ》ませた顔で上司を振り返っていた。

「団長、あとお願いします……」

「おう、任せろ」

苦笑しながらも見送ってくれる団長さんは、器が大きい人物だなと思いました。

鋼船都市リーザルトは表通りも賑《にぎ》やかだが、裏通りも負けず劣らず騒がしい。

ただ、大通りを一本抜けて裏道に出ると、賑やかさの種類が変わるのが難点か。

酔っ払いの笑い声と、遠くから響く喧嘩《けんか》の音。

うーん、路地一つ変わるだけで別の都市だな。きっと表通りを取り繕うのにも、大変な苦労があったのだろう。

「いいねえ、活気があって。俺の好きな盛り上がり方だよ」

「あまり外部の人間に見せたい場所ではないですけどね。治安も悪いですし」

アリア自身はこういう場所は好きではないらしく、周囲の喧噪《けんそう》を見て顔をしかめていた。

「ただ、ちょうどいいと言えばちょうどいいです。今、私の部下たちもこの辺で飲んでいるはずですし、合流しましょうか」

仲間を探しているのか、きょろきょろと視線を動かすアリア。

俺もそれっぽい集団を探そうとして辺りを見渡していると、ふと一軒の酒場が目に留まった。

「お、あの店……」

「なんです？　私の部下でも見つけましたか？」

「いや、店員の制服が超かわいい。そして料理が美味《うま》そう。よし、あそこに入ろうぜ！」

ビシッと目の前の店を指差し、先導するように歩き出す俺。

一瞬、アリアは呆気《あっけ》に取られるように立ち尽くしていたものの、すぐに我に返ったらしく、小走りで追いかけてきた。

「ちょ、ちょっと待ちなさい！　私の部下と合流するって言ったばかりですよね！」

「なに、この辺で飲んでれば自然と会えるって」

気楽に答えると、俺は酒場に入っていく。

アリアは顔をしかめると、横から俺を思いっきり睨んできた。

「私はそういう計画性のない行動が――」

「すみませーん！　二名なんですけど空いてますー？」

「って、聞いてください！」

文句を言いつつも、既に店員を呼んでしまったからか、それ以上抵抗することもなく酒屋に入るアリア。行儀いいね、この子。

店内は混んでいたようで、俺たちは屋外席《テラス》へと案内された。

「とりあえず麦酒《エール》と、おすすめの料理をいくつか。アリアは？」

「……林檎酒《シードル》で」

無愛想な表情ながら、女の子らしいお酒を注文する。

「意外だな。ここまで来てなんだが、酒は飲まない奴かと思ってた」

素直な感想を告げると、アリアは特に気分を害した様子もなく答えた。

「リーザルトは十五歳から飲酒可能ですから。こういう仕事をしていると、ある程度お酒に強くないと困ることもありますし、鍛えてはいるんです」

そりゃそっか。騎士っていうのは荒くれ者も多い職業だし、お酒に弱い女の子が紛れ込んだとなると、どんな目に遭うかは想像に難くない。

なにより——騎士は命を懸ける職業だ。

死の恐怖と戦い、仲間との団結力を深めるために、酒の力を借りることも少なくない。

飲んで騒いで虚勢を張って、仲間がそれに同意して。

傍《はた》から見てると馬鹿らしく見えるようなことかもしれないが、戦う心を作る上で、それは大切な儀式だったりするのだ。

「そうかそうか。なら、好きなだけ飲んで食べるといい。この店の品物全部《メニュー》くださいって言ってもいいぞ？　俺の懐は気にするな、俺も気にしないから」

なんせ今日の俺はお金持ちだからね！

まあ、いつも仕事が終わる頃には貧乏人に成り果てているんだけども。なに、後悔するのは未来の俺に任せるさ。

「そんなに食べきれませんよ。にしても、噂《うわさ》通り本当に刹那的なお金の使い方をしますね。傭兵《ようへい》というのは、みんなこうなんですか？」

半ば呆れたように、俺の言動をそう評価するアリア。

「さてね？　個人の信条によるだろ。遊ぶためにやってる奴もいれば、家族の生活のために仕方なく命を懸けてる奴もいる。騎士だってそうだろ？　人それぞれさ」

共通しているのは、稼ぐために戦っているということ。

名誉の戦死とか、誇りある戦いとか、そんなものは求めちゃいない。

ただ長く生きて、多く稼ぐ。

それこそが傭兵に共通する思想だ。

浅ましいが分かりやすく、それ故に信用しやすい。

まあ何事も例外はいるがね。そういう奴は基本的に異端であり異物だ。

「確かにそうですね。あなたを基準に傭兵を考えるのは、他の人にあまりに酷でした」

「また随分と棘《とげ》のあることを言うね。なんでそんなに嫌うかなあ。もっと友好的に行こうぜ？」

やっぱり第一印象が悪かったのがいけないんだろうか。着いてすぐ酒場に直行しようとしたのは我ながら印象悪い。反省とか全然しないけどもね。

「別に嫌っているわけじゃないですよ」

が、アリアは意外な言葉を返してきた。

その瞳には、確かに単純な嫌悪らしきものはない。

「じゃあまさか一目惚《ひとめぼ》れか？　照れて素直になれない系？　おいおい参ったな、傭兵と騎士の道ならぬ恋か」

「馬鹿じゃないですか」

あ、今嫌悪が宿った。すごい単純な嫌悪、有り体に言ってゴミを見る目です。

「言い方が悪かった……いえ、どう考えても悪いのはあなたなんですけど……とにかく、伝わらなかったので言い直しましょう。私はあなたを好きでも嫌いでもありません」

すっと、彼女の纏《まと》う雰囲気が真面目なものになった。

紅玉《ルビー》の瞳が、質問を通して俺を推し量ろうとしているのが分かる。

「この『落陽の世界』の成り立ちは知っていますね？」

唐突に話を変えたアリアに、しかし俺は水を差すことなく頷いた。

「当然さ。神と妖精の捨てた土地、だろ？」

――この世界が始まった時、世界の主役は神様だった。

神代《しんだい》と呼ばれる時代。

空に浮かぶ都市で、神様たちは日々を暮らしていた。

今の人類には手の届かない高度な技術に、優れた知能。

そんな遥《はる》か上位の存在だった彼らは、やがて世界から姿を消した。

いまだにその理由は解明されておらず、考古学最大の謎と呼ばれている。

そして神がいなくなった後、次に世界の主役になったのは妖精という種族だった。

彼らは一時代を築き上げたものの、やがて地上に存在する多くの資源を持ち出し、この世界ではないどこかへと移住したという。

そうして――残されたのは、妖精の捨てた痩せこけた土地のみ。

人類が主役になったのは、そんな世界の終末期、『落陽の世界』である。

「……『痩せた大地で人は暮らせず、神を真似《まね》て空へと昇った。神々の遺産、〃空の遺跡〃の技術を求めて。遺跡には神の仕掛けた罠《わな》がいまだ生きており、それを司《つかさど》る番人も待つ。だけど騎士は戦うのだ。民の祈りに応えるために』」

アリアが諳《そら》んじたのは、この世界の誰もが読んだことのあるおとぎ話の一節であり、全ての騎士団の規範となる文節だった。

「……『鋼船騎士団の栄光』か」

まだ地上に人間の王国があった頃。

初めて作られた鋼船都市には、その王国の騎士団が載せられた。

彼らは史上初めて『空の遺跡』に乗り込むと、そこに遺《のこ》された神の遺産を手に入れ、見事人類に繁栄をもたらす。

その偉業の軌跡を物語にしたのが、今アリアが語った『鋼船騎士団の栄光』なのだ。

「我々騎士は、文明の針を進め、人々の暮らしをより良きものにするために戦っています。『空の遺跡』にある資源を、技術を、あるいは遺跡そのものを手に入れるために。だから、どんな危険も厭《いと》わない。その使命感がある限り、決して」

団長が言っていた人類の悲願に類する、騎士が抱えたもう一つの使命だ。

恐らく、一般的な騎士の役割としてはこっちのほうが有名だろう。

赤ん坊でもない限り、世界中の誰もが知っているくらいには。

にもかかわらず、アリアは俺に刻みつけるように改めて言葉にした。

恐らく、本題への前振りとして。

「一方で傭兵はそうではない。彼らは大衆のためではなく己のために戦う。報酬に見合わない危険は決して背負わない。遊ぶために戦う者も、生活のために戦う者も、その点だけは共通している——ある例外を除いて」

紅玉の瞳が、俺の中を覗《のぞ》き込もうとしてくる。

「——『騎士もどき』。あなただけはその法則に当てはまらない。失礼ながら、あなたが受けた依頼を一通り調べさせていただきました。結果として、その半分近くの仕事で、あなたはとても報酬に見合わない危険を冒している。並の傭兵では死んでいただろう地獄を、何度も経験している」

それが不気味だと、赤い瞳が俺を責め立てる。

人が命を懸ける理由を見れば、その人間の人生観が、哲学が、在り方が分かる。

何のために生きているのか、何を差し出されたら死んでもいいと思うのか。

おおよそではあるが、その人のことを理解できる。

なのに、俺の経歴からはそれが分からない。

故に警戒せざるを得ない。

この得体の知れない流れ者は、いったい何のために命を懸けているのかと。

それこそ、アリアが俺に心を許さない理由。

「だから、あえて問いましょう。あなたが『空の遺跡』に潜る理由はなんですか？　答えてください、『騎士もどき』」

逃げることは決して許さないという、強い意志を込めた瞳。

俺はそれを見つめ返すと、一つ溜《た》め息《いき》を吐《つ》いて――

「え、やだよ。楽しい酒の席にそういうのって無粋じゃない？」

――あっさりと逃げた。

「……あなた、よくこの状況でそんなこと言えますね」

空気を読まない俺の即逃げに、アリアは怒りを通り越して呆《あき》れているようだった。

とはいえ、こっちにも言い分がある。

「そもそもね、俺とアリアはまだそこまで深い話をする関係じゃないだろ。お前が俺を信用していないのと同じように、俺もお前をそこまで信用していない。それだけさ」

途端に、アリアは苦虫を嚙《か》みつぶしたような顔をする。

「それを言われると、何の反論もできませんね……いいでしょう。この話はここまでにします」

「そうするのがいいさ。話すべき時が来れば、こっちも自然と話すだろうよ。それより酒来たし、飲もうぜ！」

ちょうど話が一区切りしたところで、店員が酒を運んできた。

「よーし！　じゃあ俺たちの出会いを祝して、かんぱーい！」

「乾杯」

カツンと音を立てて木製の酒杯をぶつけ合う。

鮮烈な炭酸の刺激と苦味が喉を通り抜け、酒精がぐっと食道を焼いていく。

「いやー美味《おい》しい。色んな鋼船都市のお酒を飲み回るのも、傭兵の楽しみの一つですよ」

大きな鋼船都市はだいたい酒が美味《うま》いものだが、ここも期待に違《たが》わずいい出来だ。

「飲むなとは言いませんが、仕事に支障が出ないようにしてくださいね」

詰問していた時の緊張感は欠片《かけら》もなく、少し緩んだ雰囲気になるアリア。

どうやら、完全に切り替えてくれたらしい。

「分かってるって。すみませーん、お酒おかわりー！」

釘《くぎ》を刺してくる彼女の言葉を受け流し、もう一杯酒を頼む。

そこで、ふと他の席の客が食べている料理が目に入った。

二枚貝をにんにくと唐辛子で炒《いた》めた料理である。

「……へえ、この都市。大衆酒場で魚介料理が出せるのか」

鋼船都市は、空に浮かぶ船の都市だ。

基本的に自給自足が成立しており、酒も肉も野菜もあるが、さすがに大規模な漁場までは用意できないため、魚介類の料理はどこの鋼船都市でも供給が足りない貴重品である。

「ええ。二年くらい前に私が攻略した『空の遺跡』に、大きな漁場がありましたので、そこを占拠し、そのままリーザルトの漁場としているんです」

自慢げに胸を張り、自分の功績を誇るアリア。

「なるほど、それはすごいな」

その偉業に、俺は素直に感心してみせた。

「私が副団長に昇進するきっかけになった仕事なので、思い出深いです」

自分の仕事を褒められて気分がよくなったのか、懐かしむように柔らかい表情を浮かべるアリア。

いいねえ、常にこういう顔をしていてくれれば、もっと親しみやすいんだけども。

「よっしゃ。じゃあアリアちゃんの偉業に敬意を表して、この料理を頼むか。おーい、店員さ――」

俺が手を上げて、注文をしようとした瞬間である。

向かいの酒場から、凄《すさ》まじい轟音《ごうおん》とともに、誰かが入り口をぶち破って酒場の間にある広場へと転がってきた。

「うおっ、なんだ？　喧嘩《けんか》か？」

「みたいですね。この辺ではよくあることです」

俄然《がぜん》盛り上がる俺と、慣れているのか冷静さを崩さないアリア。

周りの客も概《おおむ》ね俺と似たような反応で、突如巻き起こった騒動を肴《さかな》に酒を飲もうとする奴《やつ》らが大半だった。

俺もちょうどよく届いた二杯目を呷《あお》りつつ、騒動の中心に目を向ける。

転がっているのは軽い武装をした男。騎士っぽいな。

「くそ！　この野郎！　こんなとこで魔法ぶっ放しやがって！」

彼は上半身を起こすと、自分がさっきまでいた店の中を睨《にら》む。

「……うちの団員ではないですね」

少し安堵《あんど》したようにアリアが呟《つぶや》く。

だが、まだ気を抜くには早い。喧嘩というのは常に相手がいるものだ。

「はっ！　てめえから喧嘩売っておいて、手加減してもらえるとでも思ったのか？　温《ぬる》い温い！　子供の遊びかと思うほど温いなあ、てめえの騎士団はよぉ！」

予想通りというかなんというか、店から出てきた喧嘩相手らしき男を見た途端、アリアが「う」と声にならないうめき声を漏らした。

「お知り合い？」

「……うちの団員です」

頭痛を堪《こら》えるような顔をするアリアとともに、その男を観察する。

俺と同じか、少し上くらいの年齢だろう。

団長に勝るとも劣らない体格と筋肉。整ってはいるが、粗野な性格が表情に滲《にじ》み出ている顔立ち。短く切り揃《そろ》えてあるくすんだ金髪。

重い金属鎧《よろい》を着込んでもよろめくことなく、巨大な戦斧《バトルアックス》を肩に担いだ姿は、紛れもなく強者の証《あかし》だった。

「ゴードン・ブランデス。うちの騎士団の№３で、戦闘の実力だけを見るなら、私より副団長に相応《ふさわ》しい人物です。ただ……」

「素行の悪さで出世できなかった感じの奴か」

俺の予想に、アリアは少し疲れたように頷《うなず》いた。

「……しかも、今回の『弟』の攻略部隊にも参加する予定の人物です」

俺だけではなく、他にも手の掛かる駒がいたとはな。

そりゃ俺の掌握に神経質にもなるわ。気苦労の多い副団長に、ちょっと同情。

「おいおい、うちの仲間にやってくれんじゃねえか」

気付けば、俺たちと同じ店にいた男たちが十人ほど、武器を構えてゴードンのほうへと歩いていく。

どうやら、やられている騎士の仲間が、たまたまこっちの酒場にいたらしい。

が、ゴードンは怯《ひる》むことなく、むしろ楽しくなってきたとばかりに斧《おの》を構えた。

「おもしれえ！　雑魚の悲鳴を肴に飲む酒ほど美味いもんはねえからな！　まとめて掛かってきな！」

猛獣が叫ぶように気勢を上げるゴードン。

それをきっかけに、一対十の喧嘩が始まった。

「うははは！　あいつ馬鹿だぞ！　やれやれー！」

愉快な展開に、俺も思わず野次《やじ》を飛ばす。

すると、それに釣られたように周りも面白がり始めた。

「まったく、がさつな趣味ですね」

口笛や野次、賭け事まで始める面々の中、アリアだけは顔をしかめて静かに酒を飲んでいた。

「ほう？　その割には止めないようだが」

意外に思って訊《たず》ねると、アリアは諦めたように肩を竦《すく》めた。

「ああいうのは一回発散させないといつまでも引きずりますから。変なところで爆発するのはもう懲り懲りです」

なるほど。もう既に何度か同じような場面を経験して、達観するに至ったらしい。

「苦労してるねえ、アリアちゃん」

からかうように言うも、アリアはこの件については熱くなるつもりがないらしく、軽く頷いた。

「ええ、本当に。さすがに決着がついたら止めに行きますけどね。万が一にも違う騎士団の騎士を殺させてしまうわけにはいきませんし。あなたもゴードンとは揉《も》めないように。いくらなんでも、彼の相手は辛《つら》いと思いますから」

「なんだ、あいつの評価はそんな高いのか」

少なくとも、あの大男はアリアの中で俺より強いことになっているらしい。ちょっと妬《や》けます。

とはいえ、副団長の贔屓目《ひいきめ》を抜いても確かにあの男は強い。

今の会話の間にも、二人の男がゴードンの斧でぶっ飛ばされていた。

向こうも鎧を装備しているため致命傷にはならなそうだが、一撃で戦闘不能に追い込まれている。

一気に敵の士気が下がるのが、遠目で見ている俺にも分かった。

その機を逃さず、ゴードンは野性的に吠《ほ》えながら更に五人を叩《たた》きのめしていく。

残りは三人。

だが、どいつもこいつも既に立っているのがやっとの様子だ。

——勝負あったな。

これ以上やったら倒れた奴らを運ぶ人手がなくなるし、仲裁するならこの辺だろう。

アリアもそれが分かったのか、酒杯を置いて立ち上がった。

「そろそろですね。ちょっと外します」

「ん。いってらっしゃい」

彼女を見送りながら、俺は新たな料理を注文するのだった。


「ゴードン。その辺にしておきなさい」

アリアがそう制止の声を掛けると、倒れた男の胸ぐらを摑《つか》んでいたゴードンは、睨むようにこっちを振り返った。

「ああ？　誰だ、横から……って副団長かよ。珍しいな、こんなとこで」

摑んでいた男を投げ捨て、豪快な笑顔でこちらを向くゴードン。

アリアは目の前の惨状に改めて溜《た》め息《いき》を吐《つ》いてから、部下である男に一応の注意をすることにした。

「これ以上やったら、彼らが自力で帰れなくなるでしょう。何がきっかけで揉めたのかは知りませんが、決着はついたのですからもうやめなさい」

「……ま、副団長にそう言われちゃしょうがねえな」

窘《たしな》めるアリアに、思いのほか素直に従うゴードン。

一応の決着はつき、互いの優劣がはっきりしたからこそ引き下がったのだろう。

これが決着前の割り込みだったら、逆にもっと熱くさせていた可能性もある。

副団長になってからの二年で、彼の扱いについてもだいぶ学んだアリアであった。

「ところで副団長。一人で飲んでたのか？　よかったら合流しないかい？」

明るい表情で、アリアを誘ってくるゴードン。

見た目の威圧感と、それに見合わぬ妙な愛嬌《あいきょう》。よく懐いた獅子《しし》のようだ。

一瞬、どうするか迷ったものの、アリアは首を横に振る。

最初は彼らと合流するのが目的だったが……喧嘩直後で気が立っている今、彼と『騎士もどき』をあまり接触させたくない。

「いえ、今日は他の人と一緒ですので」

「他の……男か？」

妙に他意のある言葉に、アリアはつい視線を逸《そ》らしてしまった。

その先にいるのは、赤い髪と緑の目をした青年。新しい料理に舌鼓を打つ『騎士もどき』である。

彼はアリアからの視線を感じたのか、こっちを見つめ返すと、笑顔を浮かべてひらひらと手を振ってきた。

……間が悪いというかなんというか。

「なんだ、あの野郎。あれと飲んでるのかよ。つーか誰だ？　あの貧弱な奴。見たことねえツラだな」

アリアの視線を追っていたらしいゴードンの声が低く、剣呑《けんのん》なものになる。

慌てて、アリアは弁解のような言葉を吐くことにした。

「彼は明後日《あさって》の作戦を行うために雇った傭兵《ようへい》ですよ。今は相互理解を深めるために食事の席を共にしただけです」

アリアは色恋沙汰に聡《さと》いほうではないが、それでもこの部下が自分に好意を持っていることはなんとなく察していた。

正直、彼を異性として意識したことはないが、上司と部下という関係がある以上、ばっさり振るわけにもいかず、関係に苦慮しているのが現状である。

そんな彼に、知らない男と二人で飲んでいるところを見られた。

間違いなく新たな騒動の火種になる。

「ああ。つーことは、あれが『騎士もどき』ってやつか。へえ……もっと厳《いか》つい野郎を想像していたが、まさかあんな小僧とはな」

即座に喧嘩を売りに行くと思ったものの、意外にもゴードンは純粋に興味津々というような視線で『騎士もどき』を見ていた。
直前に喧嘩で勝ったばかりだし、意外と機嫌がいいのかもしれない。
そう油断したのがよくなかった。
「ふははは――まあ死んどけ」
ゴードンは笑いながら、何の躊躇《ちゅうちょ》も準備もなく、持っていた斧を地面に叩きつけた。
近くにいたアリアの全身を、ひりつくような力の波動が通り抜ける。
やがてその力は斧を通して地面に伝わり、衝撃波となって迸《ほとばし》った。
――魔法！
騎士の切り札となる超常の力。
それが今、無防備な『騎士もどき』に向けて無造作に解き放たれた。
「逃げ――！」
アリアは叫ぼうとするも、間に合わない。
大地を走る衝撃波は『騎士もどき』のいた席に着弾し、盛大な砂埃《すなぼこり》とともに爆発した。
飛び散る木片と、近くにいた客の悲鳴。
すっとアリアから血の気が引く。
直撃。避《よ》ける間もなかった。

間違いなく大怪我《おおけが》、明後日の作戦にも支障が出る。いや、それ以前に生きているのだろうか？　とにかく治療を。

一瞬のうちに高速で思考を回すと、無理やり冷静さを取り戻して動き出そうとする。

その時だった。

「うっへえ……煙たい。店員さーん、新しい席用意してほしいんだけど」

料理の載った皿を確保した『騎士もどき』が、無傷のまま砂煙の中から出てきた。

「なっ……」

「あぁ？」

アリアが目を見開く隣で、ゴードンも怪訝《けげん》そうに声を上げる。

が、当の『騎士もどき』は、こちらの騒動を気にした様子もなく、立ったまま料理をつまんでいた。

「あ、これ美味《うま》い。おーいアリア、もう話終わった？　なら料理冷める前に食おうぜ」

挙げ句、何事もなかったかのように、こっちに手を振ってきた。

「なんだ、あの野郎……」

ゴードンの呟《つぶや》きには、怒りよりも困惑のほうが強く滲《にじ》んでいた。

それはアリアとて同じ。

アリアが反応できなかったあの攻撃を無傷で切り抜けたのも、直後にここまで平然とした態度を取り続けられるのも、彼女の常識の埒外《らちがい》だ。

「まあでも、酒は頼み直さないといけないけどな。さっきの一撃で無駄に……っていうか、これから無駄になるし？」

そう、彼が笑顔で言った直後だった。

ゴン、という硬質の音が耳元で響く。

同時に、数滴の雫《しずく》がアリアの顔にかかった。

驚きながら隣を見ると、ゴードンの頭に、逆さまとなった木の酒杯が載っていた。

間違いなく、さっきまで『騎士もどき』が飲んでいたものである。

「面白いものを見せてくれた礼だよ。俺の奢《おご》りだ、好きなだけ飲め」

挑発するように、『騎士もどき』がゴードンへ嘲笑を向けた。

どうやら、あの奇襲をただ避けるだけではなく、同時に上空へと酒杯を投げて、見事時間差でゴードンに命中させたらしい。

……なんて技量と、判断力。

愕然《がくぜん》とするアリア。

しかし、当てられたゴードンはそこまで冷静ではいられなかったらしく、びしょ濡《ぬ》れの顔を赤くしながら酒杯を投げ捨てた。

「こ、の、野郎……！」

歯ぎしりの音と共に、膨張する殺意の圧力。

火の点《つ》いた激情は、近くにいるアリアを焼くようだった。

「ま、待ちなさい、ゴードン！　これ以上の争いは――」

「殺す！」

アリアの制止を振り切り、ゴードンが斧《おの》を構えて疾走した。

吹き荒《すさ》ぶ嵐のような突進。

純粋な力と速度は、恐らく鉄塊すら粉々に砕くだろう。

そんな殺意の塊を前に、『騎士もどき』は踊るような軽い足取りで、身体《からだ》一つ分だけ移動した。

直後、つい一秒前まで彼がいた空間を斧が粉砕する。

「おーおー、すげえ馬鹿力」

力の余波を諸《もろ》に受けながらも、『騎士もどき』は余裕を崩すことなく、料理の載った皿を持ったまま、店から出た。

「死ね！」

殺意を滲ませたゴードンが、それを追撃する。

単純だが、それ故に無駄のない最速最強の打ち下ろし。

その速度と圧力に怯《ひる》まず対処できる人間は、この鋼船都市でもほとんどいないだろう。

しかし、『騎士もどき』は表情一つ変えることなくそれを見切ると、紙一重で躱《かわ》してみせた。

「ほら、これも奢ってやるよ」

そして、手に持った料理の皿をゴードンの顔面に押しつける。

パリン、と甲高い音を立てて割れる皿と、顔にべっとりとついた料理の残骸。

「美味《おい》しかったか？」

からかう『騎士もどき』に、とうとうゴードンは無言のまま身体を震わせた。

怒りが限界を通り越して、言葉を失ったらしい。

もう殺すことでしか感情を鎮められないと自覚したのだろう。

……止めなければ。

アリアは腰に佩《は》いた軍刀《サーベル》の柄《つか》に手を掛ける。

しかし、自分に止められるのだろうか？

一対一の戦いであれば、ゴードンは自分よりもかなり強い。

けど——それでも、この理不尽を許すわけにはいかない。騎士の誇りに懸けて。

そう自分を奮い立たせ、剣を抜こうとした瞬間だった。

「いいよ、アリア。俺一人で十分だ」

ゴードンと戦いながらも、アリアの動きまで捉えていたらしい『騎士もどき』が、そう制止してきた。

その動きには、確かに余裕のようなものがある。

「しかし！」

「大丈夫だって。うん、そうだな。ちょうどいい機会だ。アリアには俺のことをまだ信じてもらえてないみたいだし、せめて何ができるのかだけでも示そう」

言うなり、彼はゴードンから距離を取った。

そして全身に不可視の力を漲《みなぎ》らせる。

魔法を使った時のゴードンと同じ力。魔法の燃料となるもの、即《すなわ》ち魔力。

「ぬっ……」

怒りに支配されても戦士としての経験値は鈍らないのか、ゴードンが警戒して追撃の手を止めた。

それを静かな笑みで見つめながら、『騎士もどき』は小さく詠唱する。

「『硝子の調教師《グラス・テイマー》』」

超短文の詠唱。

それが終わるなり、変化はすぐに起きた。

魔力が彼の右手に集まると、物質としてこの世に顕現する。

無色透明な、硝子《がらす》の塊。

それはどろりと溶けると、剣の形となって彼の右手に収まった。

「硝子の剣……」

呆然《ぼうぜん》と、アリアはその魔法を見つめた。

澄んだ美しさを持つ刀身。片手剣でありながら幅広く、しなやかな反りがある。

武器というより、工芸品のような繊細さを感じる一振りだった。

「は……はははははっ！　なんだ、その貧弱な魔法は!?　鋼でも魔法銀《ミスリル》でもなく、ただの硝子!?　錬金術でも下位じゃねえか！」

ゴードンの哄笑《こうしょう》で、アリアも我に返った。

そうだ。魔法で生み出したとはいえ硝子は所詮硝子。

こんな素材を武器にしようなんて奇特な傭兵は見たことないし、また通用するとも思えない。

「な、何を考えているんですか!?　戦う気ならもっとマシな魔法を使ってください！」

思わず、アリアも叫ぶ。

ゴードンは本当に強いのだ。実用性のない武器で勝てる相手じゃない。

「まあ確かに、人に誇れるような魔法じゃねえなあ」

『騎士もどき』も、特に反発することなく二人の言葉を受け入れた。

が、それだけでは終わらない。

常に浮かべていた陽気な笑みを一瞬だけ引っ込めて、冷徹な視線を敵に向けた。

「――けど、お前を殺すにはこれで十分だ」

冷たく、研いだ刃《やいば》のような鋭い殺意。

たったそれだけで、アリアはゴードンが死ぬ未来を幻視した。

ゴードン自身もそれを感じたのか、怒りも油断も捨てて、『空の遺跡』攻略時のような、戦士としての顔になる。

「上等だ……！　やってみやがれ」

言いながら、ゴードンは全身に魔力を張らせ、斧を地面に叩《たた》きつけた。

「『大地迸る蛇《レクタ・ファルマ》』！」

これこそが彼の切り札。

魔力を使って斧の生み出す衝撃を増幅し、地面に伝導させせる遠距離攻撃。

無詠唱時より遥《はる》かに高い威力を持った衝撃が、石畳を破砕しながら突き進む——が、当たらない。

『騎士もどき』はまたも神がかった見切りの技術で、攻撃範囲から拳一つだけ外に逃げてみせた。

「分かりやすい奴《やつ》め」

直線の魔法を簡単に避《よ》け、一気に敵との距離を詰める『騎士もどき』。

接近戦ならば魔法は撃てないという考えなのだろうが、ゴードンはその程度で攻略できるような騎士じゃない。

「来やがれクソガキ！」

間合いに入ってきた『騎士もどき』に、絶妙な間で迎撃の振り下ろしを放つゴードン。

凄《すさ》まじい威圧感。駄目だ、硝子なんかじゃとても止められない！

「はっ——」

しかし、攻撃が直撃する寸前、何故《なぜ》か『騎士もどき』は小さく笑った。

そうして、美しい透明の剣を振るう。

力任せなゴードンとはまるで対極の剣筋。

柔らかくしなやかで、それでいて鋭い横薙《よこな》ぎ。

その一閃《いっせん》は振り下ろされた斧の側面を打ち、ゴードンの攻撃を受け流した。

「凌《しの》いだ……？」

その、あり得ない光景にアリアは呆然としてしまった。

硝子の剣には傷一つなく、戦斧《バトルアックス》は虚《むな》しく地面を砕いている。

「この程度か？」

恐ろしい窮地を凌いだにもかかわらず、『騎士もどき』は顔色一つ変えていない。

「……っ！　上等！」

それに腹を立てたのか、ゴードンがその体格と武器の遠心力を生かした連撃を放った。

空気を裂く音がここまで聞こえてくる。この距離でも完全に斬撃を目で追えない。

「お、少しは面白いことしてくれんじゃねえか」

苛烈なんて言葉ではとても表現しきれないほどの猛攻に、しかし『騎士もどき』は敢然と立ち向かった。

硝子の剣が閃《ひらめ》き、自分に当たる軌道の攻撃だけを見切って的確に弾《はじ》いていく。

「すごい……」

無意識に、感嘆の言葉がアリアから零《こぼ》れた。

神がかった技量もさることながら、あの硝子の剣の強さには感動すら覚える。

いくら魔法で生み出したとはいえ、本来の強度は普通の硝子と大差ないはず。

『騎士もどき』はきっと、そんな弱い硝子を修練と創意工夫と才能と研鑽《けんさん》と知識の全てを以《もっ》て磨き、鍛え上げて、実戦に耐えうるほどの逸品に仕上げたのだ。

その執念と、経験値。

『騎士もどき』という傭兵《ようへい》の膨大な積み重ねに、畏怖とも呼ぶべき感情が湧いた。

「このっ……ちまちまとしゃらくせえ！」

ゴードンは強引に距離を開けると、今度は『大地迸る蛇』の三連撃を放った。

「馬鹿の一つ覚えだな」

『騎士もどき』は完全に攻撃の軌道と速度を覚えたようで、三つの衝撃波が当たらない場所に、あっさりと逃げてしまった。

しかし、それは罠《わな》。

彼は避けたのではない、追い込まれたのだ。

「馬鹿はてめえだ！」

『騎士もどき』の目の前には、高速で突進してきたゴードンの姿が。

彼の得意戦術。『大地迸る蛇』でわざと逃げる方向を限定し、そこに追い込んだ敵に全力の一撃を叩き込む戦闘構築！

こうなっては敵に逃げる術《すべ》はない。

速度の乗ったゴードンの一撃を、避けずに受けるしかないのだ。

『騎士もどき』は冷静な表情のままだが、今度はさすがに躱しきれないと判断したのか、硝子の剣を構えた。

「挽《ひ》き肉《にく》になりやがれ！」

ゴードンの咆哮《ほうこう》。

腕の筋肉がはち切れんばかりに膨らみ、剛力無双の一撃が硝子の剣に叩きつけられる。

「ぬっ……！」

戦斧と身体《からだ》の間に硝子の剣を挟み込む『騎士もどき』。

おかげで真っ二つになるのは避けられたが、彼はあまりの威力に吹き飛ばされ、近くの壁へと叩きつけられた。

「死ねやぁ！」

追撃の『大地迸る蛇』を乱発するゴードン。

礫《つぶて》と埃《ほこり》が舞い上がり、『騎士もどき』の姿を隠す。

「ちょ、や、やめなさい！」

慌てて止めるが、感情任せに魔法を使う彼に言葉は届かない。

今度こそ剣を持って制止しなければと考えた瞬間、ピタリとゴードンの攻撃が止《や》む。

いったいどうしたのかと視線の先を追うと、『騎士もどき』がいる空間に、無色透明の壁が展開されているのが見えた。

「これは……」

風で砂埃が吹き消されると、あの暴力の嵐の中でも、傷一つ負うことのなかった『騎士もどき』が立っていた。

無色透明の壁は、彼を包むように展開されている。

「今の追い込みはかなりよかった。正直見直したよ、ゴードン。単細胞の筋肉馬鹿かと思っていたが、少しくらい考える脳みそがあったらしいな」

褒めているのか貶《けな》しているのか分からない言葉を口にする『騎士もどき』。

その間にも、無色透明の壁はどろりと溶け、彼の右腕に集まって剣の形を取った。

「……変幻自在で頑丈な魔法の硝子。なるほど、それがお前の能力か」

ゴードンは渋い表情で、『騎士もどき』の魔法を分析した。

今の攻防で倒しきれなかったことの重大さを理解しているのだろう。

「ああ。なに、そう驚くことじゃないさ。お前の言う通り所詮は下位の魔法だよ。俺と同じ系統の魔法を使う奴なら、誰でもこのくらいできる」

肩を竦《すく》めて自虐する『騎士もどき』。

しかし、ゴードンの瞳にはもはや欠片《かけら》ほどの油断もなかった。

「最初の奇襲を防いだのも、さっきの盾だな？」

「さてな。喧嘩《けんか》の最中に種明かしをしてやるほど親切な性格じゃないんでね」

『騎士もどき』は否定するが、恐らくゴードンの推測は的中している。

あの奇襲を予測していたのか。それはそれで化け物じみているが、あの硝子の壁の強度なら、防ぐことも可能だろう。

「正直、あの技を見せるはめになるとは思わなかった。さっきの追い込みは本当に素晴らしかったよ」

「ふん。何を余裕ぶってやがる。盾があることは分かったんだ、今度はこうはいかねえ」

ゴードンも今の攻防に一定の手応えを感じたらしく、重心を低く構えて次の攻撃に入ろうとした。

「いや、無駄だよ。その魔法じゃ何度やっても俺には届かない」

だが、『騎士もどき』は、ただ冷めた表情をゴードンに向ける。

もはや、お前は敵ではないと言わんばかりに。

「なんだと？」

確信めいた『騎士もどき』の言葉に怖じ気《おけ》づいたのか、前に出ようとしないゴードン。

「分からないか？　さっき俺を仕留められなかったのは偶然じゃない。そこがお前の限界ということなんだよ、ゴードン・ブランデス」

馬鹿にするというより、憐《あわ》れむように告げる『騎士もどき』。

「魔法というのは、単に不思議な現象を起こすだけのものではない。自分自身の存在を、魔力を使って再構成する技術のことを言うんだ」

それは、アリアも学んだことのある知識だった。

魔法とは己を映す鏡。

力が強い人間は威力の高い攻撃魔法を覚えるし、協調性がある人間は周りを援護する補助魔法を覚える。

そういった体格、性格、才能などが反映され、自分自身が持つ個性と同じ特性のものしか覚えられないのが、魔法という技術なのだ。

「ゴードン。お前であれば、まずその強靱《きょうじん》な肉体だ。体格と筋肉による剛力と敏捷性《びんしょうせい》は、まさにお前の魔法の威力に現れている」

大地に迸《ほとばし》る、高速高威力の衝撃波。

なるほど、確かにその威力と速度は、彼の持つ身体能力を表わしたものだろう。

「けど――お前には、それしかない」

『騎士もどき』が、ただ冷たい笑みを浮かべた。

「衝撃は地面を這《は》いつくばり、ただ真《ま》っ直《す》ぐ突撃するだけ。とにかく足場を荒らすから、味方の逃げ場もなくなってしまう。個人としては強くても、仲間との連携はできない嫌われ者――まったくもってお前に相応《ふさわ》しいな？　ゴードン君」

「てめえ……！」

怒りか羞恥か、ゴードンが顔を赤くしながら震える。

魔法は嘘《うそ》を吐《つ》けない。

だから、これはきっとゴードン自身が一番分かっていた真実。

それを突きつけられて、冷静でいられる人間などいるものか。

が、『騎士もどき』は決して容赦しない。

「もっと言うとね、仲間の道を塞ぐだけじゃないよ。お前自身が進む道も、お前は塞いでしまっている」

そうして彼は、その硝子《がらす》の剣で、ゆっくりとゴードンの足下を示した。

自らの魔法で、瓦礫《がれき》の山になってしまった足下。

アリアにもすぐに分かった。

この足場の悪さこそが突進の勢いを殺し、『騎士もどき』への追撃を鈍らせた最大の要因である。

「見ろよ。これこそがゴードン・ブランデスという男の在り方だ。敵は倒すが味方に疎まれ、己の進むべき道すらもその粗暴さで粉々に壊してしまう、行き止まりの騎士。それがお前の限界で――」

「殺す！」

最後まで聞いていられなかったのか、ゴードンは『騎士もどき』の言葉から逃げるように魔法を叩《たた》き込んだ。

だが、そんな単調な攻撃、もう当たらない。

「無駄だ」

『騎士もどき』が、高く高く跳躍した。

ゴードンの魔法が届かない領域。

地面を進む彼には見上げることしかできない、自由の空。

放物線を描いて跳んだ彼は、その頂点に達すると、今度は流星のように落下を始めた。

「これで終わりだ！」

振りかぶる硝子の剣。落下の勢いを付けた一撃がゴードンに迫る！

「舐《な》めんな！」

力比べなら負ける気はないのか、ゴードンは真っ向から応じた。

甲高い金属音が周囲に響く。

振り下ろす硝子の剣と、振り上げる戦斧《バトルアックス》。

駄目だ、やはり単純な一撃の重さではゴードンが有利。

硝子の剣には、衝突に耐えられずにヒビが入った。

「はっ！　口ほどにもねえなあ、傭兵！」

――打ち負ける。

アリアがそう予感するのと同時、『騎士もどき』が嘲るように微笑を浮かべた。

「訂正しよう。やっぱりお前は単細胞の筋肉馬鹿だ」

『騎士もどき』がそう呟《つぶや》いた瞬間、硝子の剣がどろりと溶けた。

「なっ!?」

いきなり力を透かされたゴードンが、驚きの表情を浮かべながらも体勢を崩す。

その隙を逃さず、溶けた硝子はゴードンの身体に纏《まと》わり付き、即座に茨《いばら》の形となって彼を拘束した。

「俺の能力を見ておきながら、これをただの力比べと思うとはね。いくら冷静さをなくしていたとはいえ、頭が悪いにも程がある。だからお前は副団長になれなかったんだ」

冷たく、吐き捨てるように『騎士もどき』は告げた。

「く……そ」

拘束されたゴードンの顔が苦痛に歪《ゆが》む。

硝子の茨は彼の肌に食い込みながら全身を強い力で締め付けており、このままでは何カ所か骨が折れそうだった。

とはいえ、その程度で済むとも思えないが。

『騎士もどき』はゴードンを拘束したまま、広場の隅まで歩いていって、そこに落ちていた剣を拾った。

最初にゴードンと争った騎士が回収し忘れたものらしい。

「さて——これからお前を殺すわけだが。何か言い残すことはあるか？」

背筋が寒くなるほど酷薄な笑みを浮かべて、『騎士もどき』はゴードンの前に立った。

滲《にじ》み出る殺意は、さっき一瞬零《こぼ》れたものの比ではない。

死線をくぐり抜けた歴戦の傭兵《ようへい》。

そんな言葉が、これ以上ないほどしっくり来る雰囲気だった。

「……ねえよ。クソが」

ゴードンも目の前の男が死神であることに気付いたらしい。

裁定を待つように、ただ力なく項垂《うなだ》れた。

「そりゃ残念。聞いた話じゃ、雑魚の悲鳴を肴《さかな》に飲む酒ほど美味《うま》いものはないらしいからな。俺も試してみたかったんだが、それは無理そうだ」

言いながら、『騎士もどき』は大きく剣を振りかぶった。

——死ぬ。助からない。

恐らく、その場にいた誰もがそう確信しただろう。

銀色の剣が、ゴードンの首めがけて無慈悲に薙《な》ぎ払われる。


その瞬間、アリアが割って入った。


抜剣しながら軍刀《サーベル》で『騎士もどき』の剣撃を弾《はじ》く。

ずしりと肘まで響く重い衝撃。二撃目を防ぐ自信は、正直ない。

それでも、アリアは傭兵の前に立ちふさがる。

「何の真似《まね》だい？　アリア。今のはなかなか無粋だと思うんだが」

ゴードンに向けられていた殺意が、集束しながらアリアに浴びせられる。

途端に、心臓を握り潰されるような重圧に襲われた。

それでも怯《ひる》むわけにはいかない。自分は『叡智の雫』の副団長なのだから。

「……この喧嘩は、間違いなくうちの部下が悪いです。彼の上司として謝罪しましょう。ですが、ここは剣を収めてください。彼はうちに必要な人間なのです。どうか」

一縷《いちる》の望みを籠《こ》め、『騎士もどき』に謝罪する。

何の因縁もない相手にいきなり魔法を叩き込んだのだ。

通常であれば、ゴードンは殺されたって文句は言えない。

争えば、間違いなく負ける。

自分より遥《はる》かに強いゴードンですら子供扱いだったのだ。

力が足りない自分が悔しい。

これが団長であれば、うまく宥《なだ》めることもできただろうに。

九割方無理なお願い。

しかし、意外にも『騎士もどき』は、それで一気に殺意を霧散させた。

「まあ、アリアにそう言われたんじゃ仕方ねえなあ」

『騎士もどき』は戦闘前のような緩んだ表情に戻ると、持っていた剣をぽいっと投げ捨てた。

「んじゃ、飲み直すとしますかね。あ、店の修繕費はそっちの男が持てよ。いくら金があるっつっても、こんな使い方はごめんだからな」

途端に、もう戦いのことなど忘れたように、踵《きびす》を返して店に戻ろうとする。

その背中を呆然《ぼうぜん》と見送りかけてから、アリアはハッと我に返った。

「あ、あの……頼んでおいてなんですが、いいんですか？　見逃して」

小走りで彼に追いつき、横から顔を覗《のぞ》き込むと、何事もなかったかのように人を食った笑みを浮かべていた。

「そりゃもう。金を受け取った時点で俺はアリアの忠実なる手足ですし？　雇い主様の命令には従うさ」

『騎士もどき』がパチンと指を鳴らすと、背後から硝子の砕ける音がした。

振り返ると、ゴードンを拘束していた茨がなくなっている。

「暴れられない程度には痛めつけておいたから、アリアが連れて帰ってやりな。俺は一人で飲み直す」

「は、はい」

同席を拒絶する彼の背中に突き放され、アリアは部下の下へ向かう。

ぐったりと地面に横たわったゴードンは、ボロボロだが意識ははっきりしているようだった。

「大丈夫ですか、ゴードン」

呼びかけると、年上の部下はバツが悪そうに顔を背けた。

「………………ここで副団長を寄越《よこ》すあたり、あの野郎の底意地の悪さは相当だ」

魔法を通して自分というものを丸裸にされ、その上で負けた。

そんなところを身内に、ましてや意中の女性に見られたくないというのは当然の心情だろう。

それでも彼の上司として、寄り添わなくてはならない時もある。

というか、説教しなくてはいけない時がある。

「ゴードン。いくらなんでも見境なしに喧嘩《けんか》を売りすぎです。彼がその気になっていたら、今頃私たちまとめて死んでましたよ」

「……はっ。なんだ副団長、俺のために死んでくれるつもりだったのか？」

ほんの少し、何かを期待するような熱の籠もった言葉。

アリアはその感情を理解しながらも、表情一つ動かさずに首を縦に振った。

「私はあなたの上司ですもの。部下のために戦わなくてはいけない時もあります。それ以上でもそれ以下でもありません」

きっぱりと言い切ると、ゴードンは茨で縛られていた時以上に苦い顔をした。

「…………今それを言われるのは、かなり効くな」

自分もこんなところで言うつもりはなかった。

だが、今回こうして自分が喧嘩の原因になった以上、曖昧にしておくわけにもいかないだろう。

「まあいい。ここまでみっともない姿を見せておきながら、追いすがるわけにもいかねえ。しばらく大人しくしとくよ」

「そうしてください。あなたはうちの大事な戦力なんですから」

「……ああ。今回のことは一つ借りだ、副団長。必ず『空の遺跡』攻略の時に返させてもらう」

少しは回復してきたのか、ゴードンはのっそりとした動作で起き上がると、足を引きずりながらも、また暴れることなく歩き出した。

「送りましょうか？」

「頼むから勘弁してくれ」

消沈したような小声で、この場から立ち去るゴードン。

それを見送ってから、アリアは溜《た》め息《いき》を吐《つ》いた。

なんとか一件落着というところか。何もできなかったのは悔しいが、無事に収まってくれてよかった。

そうして、アリアは目を瞑《つぶ》ってこの状況を冷静に振り返る。


――あまりにも都合がよすぎる。


一番の戦力ではあるが、アリアより実力も年齢も上のため、上手《うま》く使いこなせていなかった部下のゴードン。

彼に貸しを作ることに成功し、しかも懸念事項であった個人的な感情も清算できた。

『騎士もどき』の強さも分かったし、今なら本番の戦いで背中を預けることにも躊躇《ためら》いはない。

ゴードンに勝ったとあれば、他の団員だって認めざるを得ないだろう。

これにより、双子遺跡攻略の上で不安材料となるものが一掃された。

頭が痛い騒動ではあったが、終わってみれば全てアリアだけに都合のいい方向に転がっている。

これは偶然の産物だろうか？

「……まさか」

そんなご都合主義を信じるほど、アリアも幸せな人間じゃない。

だとすると、考えられることは一つ。

この流れを生み出した人間がいる。

『ちょうどいい機会だ。アリアには俺のことをまだ信じてもらえてないみたいだし、せめて何ができるのかだけでも示そう』

あの言葉の意味が、今ようやく分かった。

「……『騎士もどき』」

厄介者の傭兵。規律を無視する自由人。

そんな評判を疑いたくなるほど、アリアを立てた行動だった。

いったい、彼は何者なのだろう。

何のために命を懸けて、何のために傭兵なんてやっているのか。

それを知ることができるのかは、全く分からないけども。

これから彼と過ごす日々は、きっとアリアにとって特別なものになるのだろう。

そんな予感があった。

二章　双子遺跡攻略開始

Funky soldier conquering the ruins of the Sky

ピリピリとした緊張感が、鋼船都市リーザルトの港に満ちていた。

普段は他の鋼船都市からやってくる連絡船が往来し、都市の中でも最も賑《にぎ》やかな区画の一つであるとまで言われるこの場所が、今日はしんと静まり返っている。

理由は言うまでもない。港に集まった完全武装の騎士たちのせいだ。

今日は『叡智の雫《ウィズダム・ドロップ》』による、双子遺跡攻略の日。

集まった騎士たちの前に出たアリアが、大きな声で挨拶をする。

「では、ただ今より『空の遺跡《ロストガーデン》』双子遺跡の攻略を始めます。団長率いるA班は『兄』を、私が率いるB班は『弟』をそれぞれ同時攻略します」

事前の会議で既に打ち合わせていることを、改めて最終確認する。

「攻略開始時刻は午前十一時。それまでに間に合うよう、それぞれ移動してください。では、今この時を以《もっ》て、双子遺跡攻略作戦を開始します！」

アリアの宣言に、血の気の多い騎士たちはそれぞれ雄叫《おたけ》びを上げると、港に停泊している飛行船に乗り込んでいった。

飛行船は二つ。AとBに分かれている。俺はアリアと一緒だからBだな。

お行儀良く列に並んで飛行船に乗り込むと、最初に乗り込んでいたらしいアリアとばったり顔を合わせた。

「よう。なかなか威厳のある挨拶をするじゃねえの」

「それはどうも。けど、本番はこれからですからね。気を抜かないでください」

素直に褒めてみたものの、アリアは緊張しているのか表情を緩ませることはなかった。

むぅ。今ちょっかい掛けたら本気で怒られそうだな。

しょうがない、隅っこで大人しくしてますかね。

忙しそうに去って行くアリアを見送り、俺は人の流れに乗って大広間に向かった。

「結構しっかりしてるな」

近距離移動用のものなので、各自の個室のようなものはない。

閉塞感の少ない広々とした空間に、椅子やテーブルがいくつか置いてある。

そこで椅子を一つ借りてぼーっとしていると、やがて飛行船が振動するのを感じた。

どうやら無事に離陸したらしい。

こうなると、目的地に着くまでやることはないのだが……いかんせん、暇だ。

「誰か知り合いいないかな……っと、いいところに」

辺りを見回していると、ちょうど見知った大男が広間に入ってきたのを見つけた。

「やっほー、ゴードン君。ちょっと暇なんだけど、構ってくれない？」

手を上げてゴードンの元へ向かうと、彼は露骨に嫌そうな顔をした。

「うぜえ。あっち行け」

しっしっと手で追い払おうとしてくるゴードン。冷たいなあ。

「なんだよー。友達いない男同士、仲良くやろうぜ？」

「誰がお前なんかと！」

ゴードンは一瞬で沸騰しかけるが、すぐに我に返ったのか、深く息を吐いて冷静さを取り戻した。

「……とにかく、今回は副団長に借りを返すって決めてんだ。お前と絡んで余計な騒動を起こすつもりはない」

突き放すように言うと、ゴードンは俺を避けるように大広間から出ていってしまった。

「うむ、ちょっと見ないうちに大人になっちゃって……仕方ない、散歩でもするか」

初めて乗る船だし、ぶらついて時間を潰そう。

大広間を出て、通路をふらふらと歩く。

と、その隅に見たことのない女子が蹲《うずくま》っているのが見えた。

フード付きの白いローブに、丈の短いスカートと、大きな杖《つえ》。

恐らく魔法と『空の遺跡』の知識に長《た》けた魔道士の奴《やつ》だろうけど、あんな隅でいったい何をやっているのか。

「……気になるな」

近づいてみると、ローブから覗《のぞ》くふわふわの金髪が小刻みに震えているのが分かった。

「……りえ……し……」

何か一人でぶつぶつ呟《つぶや》いている。

少し移動して角度を変えると、青白い横顔が見えた。

「……ほんとありえない。船揺れすぎだし。なんで酔い止め忘れてくるかなあ……うぷ」

聞こえてきた少女の言葉で、おおよその事情を把握した。

船酔いか。この仕事をしている奴では珍しいな。

親切心の塊と名高い俺としては、見過ごすことはできない由々《ゆゆ》しき事態だ。

「へい、そこのお嬢さん。どうやらお困りのようだな」

気さくに声をかけると、少女はゆっくりとこっちに振り向いた。

切れ長の青い瞳と薄い唇。アリアと同じくらい整った顔立ちだが、化粧っ気がある分、少しだけ大人びているような印象。

彼女は俺と目が合った瞬間、ただでさえ不快そうだった顔色を、もっと悪くした。

「げ、『騎士もどき《ネームレス》』じゃん。うわ、なに？　ナンパ？」

「船酔いで困ってるようだったから心配になってな。俺の善良さに感涙していいぞ」

「そりゃどうも。けど、ほっといて。話すだけでしんどいんだから……うぷ」

よほど体調が悪いのか、少女は自分の胸をさすりながら話を切った。

ていうか胸でかいな、こいつ。比較的慎《つつ》ましやかな胸部を持つ（配慮ある表現）アリアと比べると、圧倒的な戦闘力の差だ。

「まあそう言うな。ここに都合よく酔い止めがある。使うといい」

懐から手のひらほどの大きさの瓶を取り出し、少女に差し出す。

いつ単独行動してもいいように、回復薬系統《ポーション》は一通り揃《そろ》えて持ち運ぶのが俺の流儀だ。

今回はそのこだわりが役に立った……が、俺の親切に彼女は訝《いぶか》るような目を向けるだけだった。

「……本当に酔い止め？　なんか変な薬じゃないわよね？」

微妙に失礼だが、まあ年頃の女子としては当然の警戒か。

俺だって初対面の人間にもらった謎の薬品を飲むのは多少抵抗あるし。

「もちろんだとも。なんなら俺が先に一口飲んでもいいぞ」

コルクの蓋を開け、実際に一口飲んでみせようとすると、少女は首を横に振った。

「いや、いい。今は仲間なんだし信じる。ありがたくもらうわ」

「そうかい」

少女は素直に瓶を受け取ると、少しだけ躊躇《ためら》う様子を見せてから中身を呷《あお》る。

直後、柔らかい緑の光が一瞬だけ彼女の身体《からだ》を包んだ。

即効性の高い魔法薬特有の現象である。

「ふぅ……うん、楽になった。ありがと、『騎士もどき』」

薬はちゃんと効いてくれたようで、少女の顔色はよくなり、表情も柔らかくなった。

「ハルトでいいぞ」

「そう。あたしはエフィ。しかし意外だったわ。ゴードン相手に初日からやりあったって聞いてどんな荒くれ者かと思ってたけど、想像してたよりずっとまともじゃん、ハルト」

予想通り、騎士団内でもだいぶ悪評が広がってしまっているらしい。

「なに、これから命を預け合う相手なんだ。体調管理くらい手伝うさ」

なんせ、そのほうが俺の生存率も上がる。人とは助け合う生き物なのだ。

「……やっぱり意外とまともだし」

目を丸くするエフィ。

「仕事の一環だからな。俺は仕事に関しては真面目だと、各方面でそれはそれは評判の男なんだぞ」

胸を張って見せる俺に、エフィはじとっとした目を向けてきた。

「初日に騎士団へ顔を出さず、酒場に直行しようとしたって聞いたけど?」

「記憶にないです」

さっと目を逸《そ》らし、都合の悪い過去をなかったことにする俺である。

「まあいっか。実際助かったし。それより、そろそろ甲板に行ったほうがいいかも。もうすぐ目的地に着く時間っしょ」

「む。思ったより早いな」

まあリーザルトからは『兄』より近いしな。そうそう時間もかからないか。

「すまん、エフィ。道分かんないから連れてってくれ」

初めて乗る船のため、あまり内部構造を把握していない。ゴードンかアリアにでもくっついていくかと思っていたため、不覚にも暗記を怠った。

「いいよ、あたしも上陸部隊だし。んじゃ、付いてきて」

船酔いが治ったエフィは、軽い足取りで先導し始めた。

しかし、歩き方一つ取っても華がある奴だな。

魔道士って真面目というか、研究一筋みたいな奴が多いので、彼女みたいに垢抜《あかぬ》けた子は珍しい。

「エフィは前回の『弟』の攻略には行ったのか？」

「うん。けど思ったより敵が多くて、ほとんど攻略は進んでないかな」

よほど厳しい攻略だったのか、眉根を寄せるエフィ。

「ま、そうでもなきゃ俺に依頼なんか来ないか」

そんな話をしているうちに、屋上の扉の前まで辿《たど》り着く。

力を込めて開けると、甲板には既にアリアとゴードンが待ち構えていた。

そして、眼下には空に浮く巨大な島が見える。

リーザルトの倍ほどの大きさだろうか。木々の緑と水の青がある空の孤島。

あれが『空の遺跡』、通称・双子遺跡『弟』。

「エフィさん……と、『騎士もどき』。予想外の組み合わせですね」

アリアは俺たちを見比べると、驚いたような声を漏らした。

「ちょっとご縁があってね」

肩を竦《すく》めながら、改めてアリアの胸部を確認する。

……うん、やっぱりエフィと比べると比較的慎ましやかな装甲（非常に配慮ある表現）

だな。

「なんかすごくイラッとくる視線を感じるんですけど」

俺の思考を読んだように、アリアがドスの利いた声を零《こぼ》す。

「気にするなって。大きさだけが全てじゃないぞ？　なあゴードン君」

俺は矛先を逸らすように、ずっと無言を貫いていた大男の肩をぽんと叩《たた》く。

「よく分かんねえが、とりあえず俺に振るんじゃねえ！」

肩に乗った手をパシッと払うと、俺から遠ざかるゴードン。

「ねえ、じゃれてないで仕事進めてほしいんだけどー？」

唯一、勝ち組装甲を持つエフィだけが冷静に本題に入ろうとする。

アリアはその言葉を聞くと、一瞬だけエフィの胸に視線を送り、苦い顔をしてからコホンと咳払《せきばら》いをした。

「……そうですね。ええ、気にしてませんとも。それより、作戦の最終確認を行います」

そうアリアが宣言すると、その場の空気が張り詰めた。

「前回の攻略で、私たちは防衛装置の破壊に失敗しました。よってこの地点からあと五十メイルほど近づいたら、遺跡の防衛装置による魔法攻撃がこの船を襲うでしょう」

「他の船員たちがそれを防いでる間に精鋭部隊で上陸して、防衛装置を無力化する、でいいんだよな？」

小舟で乗り込もうとすれば、魔法攻撃に撃ち落とされる。

防衛装置が生きている遺跡に乗り込むには、能力ある騎士が生身で防衛装置の攻撃を弾《はじ》き飛ばしながら進むのが一番の王道だ。

「はい。これより遺跡の上空二百メイル地点まで船を上昇させ、そこから自然落下する形で乗り込みます。よろしいですね？」

「聞くまでもねえさ」

ゴードンが戦 斧《バトルアックス》を肩に掲げながら、血気盛んに答える。

と、それを見計らったように、眩《まばゆ》い光が視界の隅に映った。

直後、船の左舷から爆発音と振動が伝わってくる。

四人の視線が一斉に『弟』に向いた。

自然豊かな外観には似つかわしくない砲門がいくつもこちらの船に向き、魔法陣を浮かべたかと思うと緋色《ひいろ》の光弾を発射し続けている。

「うわ、派手だな。この船大丈夫か？」

思わず心配になる俺だったが、アリアは自分の部下を心底信頼しているらしく、表情一つ動かさなかった。

「魔道士部隊による障壁は完璧です。彼らを楽にするためにも、早く乗り込みましょう」

「俺は先に行くぜ」

待ちきれなくなったのか、ゴードンが真っ先に甲板から飛び降りる。

「んじゃ、あたしもお先にー」

次いで、エフィも軽やかな仕草でふわりと跳んだ。

「では私たちも」

「あいよ」

最後に、俺とアリアが同時に甲板から跳ぶ。

叩きつけられるような強風と、すれ違う雲を突き破る感覚。

高度二百メイルからの自然落下なんて、常人であれば確実に死に至る冒険だ。

が、鍛え上げられた騎士と、それに準ずる傭兵《ようへい》は人の限界を超えた存在。この程度で音を上げる奴はいない。

「来ますよ！」

隣のアリアが、軍刀《サーベル》を抜きながら叫んだ。

今まで船を狙っていた砲門が、俺たちめがけて発射される。

「『硝子の調教師《グラス・テイマー》』」

超短文の魔法を詠唱し、硝子《がらす》の剣を召喚した。

それと同時に、緋色の光弾が目の前に迫る。

俺は剣を振るい、光弾を思いっきり弾き飛ばした。

ずしりと痺《しび》れるような感覚。だが、音を上げるほどではない。

休む暇もなく、集中砲火が俺たち四人に浴びせられた。

「ぬるい！」

天と海と飛行船の間で、風に振り回されるように空を泳ぎ、光弾を叩き落としていく。

やがて二百メイルの自然落下は終わりを迎え、俺たちは『空の遺跡』へと乗り込んだ。

「ふっ――――！」

なんとか衝撃を殺し、着地に成功する。

見れば、一足先に辿り着いたゴードンとエフィが周囲を警戒していた。

「全員無事みたいですね。敵が集まらないうちに、防衛装置を破壊しに行きましょう」

最後に着地したアリアが号令を発するも、それを聞いたエフィが肩を竦めた。

「そう上手《うま》くはいかないっぽいよー？　ほら」

彼女の杖《つえ》が指す方向に目を向ける。

そこには、大量の人影が見えた。

といっても、人に似ているのは姿形《シルエット》だけ。

三メイルを超す巨大な背丈に、全身真っ白な色合いをした怪物。

「……偽神《デミゴッド》か」

『空の遺跡』の門番。神々の防衛装置の一つとして作られた、神造生命体。

それがこの空挺《くうてい》騎士の宿敵、偽神である。

「厄介な奴《やつ》に見つかったな」

舌打ちしつつも、戦意を全身から漲《みなぎ》らせるゴードン。

「やむを得ません。仲間を呼ばれる前に高速で殲滅《せんめつ》します。『騎士もどき』とゴードンは前衛で盾となってください。その間にエフィさんは大魔法の詠唱を」

アリアは素早く指示を出すと同時、自身の肉体に魔力を漲らせた。

「『守護の鎧《プライジデイウム》』」

詠唱を省略した魔法の発動。

それが成った瞬間、俺たちの身体を緑の光が包んだ。

「耐久性の向上と継続回復魔法か。ありがたい」

この歳《とし》で軍団を任されるだけあって、アリアの魔法は援護に向いているらしい。

これなら多少のことでは死なないだろう。

「よっしゃ、行くぞゴードン！」

「てめえに指図される謂《い》われはねえ！」

俺とゴードンは矢のように飛び出し、それぞれ偽神の前に立ちふさがった。

「オオァアァオオオオ！」

真っ白な人型の存在は、俺たちを認識するなり不気味な咆哮《ほうこう》とともに拳を振り上げる。

速い——が、俺のほうがもっと速い。

敵の拳を紙一重で躱《かわ》すと、間髪入れずに敵の膝を切り裂いた。

自分の重量を支えられなくなり、がくりと崩れたところを狙って首を刎《は》ねる。

紫色の血液が噴水のように上がり、俺の視界を塞いだ。

瞬間、その隙を待ち構えていたかのように二体目が血飛沫《ちしぶき》の向こうから現れる。

「ちっ」

硝子の剣を構え、敵の拳を受け止めた。

重い。さっきの光弾とは比べものにならない威力。

通常であれば、防いでもなお全身に衝撃と苦痛が走るところだが、アリアの魔法のおかげかそこまでの痛みは感じなかった。

これは助かる。随分とやりやすい。

俺は一瞬だけ剣から力を抜いて敵の攻撃を受け流し、肩の根元から敵の腕を切断した。

そして、背後から迫っていたもう一体めがけて、目の前の敵を蹴り飛ばす。

ぶつかり合った衝撃で、互いに体勢を崩す偽神二体。

「貫け――！」

二体が重なったところを狙って、思いっきり刺突を繰り出す。

硝子の剣は俺の意思に呼応し、疾走するように刀身を伸ばした。

剣が伸びる勢いに任せた一撃。

それは見事に決まり、敵をまとめて葬った。

「二人とも下がって！　魔法の準備が出来たし！」

エフィの声が聞こえるなり、俺とゴードンは弾かれたように跳躍し、その場を離れた。

「《渦巻け炎、風を纏《まと》いて災禍と成れ》――『灼火の暴風《アベラトル・テンペスタス》』！」

直後、巨大な魔力とともに、巨大な炎の渦が迸《ほとばし》った。

「熱っ！」

十分に離れたはずなのに、前髪の焦げる嫌な匂いを感じた。

凄《すさ》まじい威力だ。

直撃していたら、魔法防護の上からでも丸焼きになっていただろう。

当然、そんな威力の炎に偽神たちが耐えられるわけもなく、三十秒もすると、周囲には灰と熱波しか残らなかった。

俺やゴードンのように、近接戦闘の補助として魔法を使う者ではない。

高火力の魔法のみに特化した存在、魔道士。

単身では戦えないが、集団戦闘において花形とされるだけあり、さすがの火力だ。

「戦闘終了ですね。急ぎましょう」

感心する俺とは対照的に、アリアたちは味方の凄《すご》さに慣れているようで、淡々と『空の遺跡』の攻略を続けようとしていた。

「……まったく、頼りになる奴らだね」

想像以上の力を持つ雇い主に驚きつつ、俺も彼らの後を追うのだった。


その後、近くの遺跡にあった防衛装置を破壊し、飛行船の仲間たちを無事上陸させたことで、この日の任務は終了となった。

今夜は見晴らしのいい安全地帯で野営を行い、明日以降、本格的な調査をするらしい。

日が沈み、野営の準備が整うと、団員たちはそれぞれ明日の準備をしたりくつろいだり、各々自由に過ごしていた。

戦場にいるとは思えない、弛緩《しかん》した空気である。

「……ま、無理もないか」

俺は周囲の風景を見ながら、ぐっと伸びをした。

地上のように茂る木々の緑と、硝子のように澄んだ池。

リーザルトも鋼船都市にしては自然が豊かなほうだが、それでも鋼の船である以上、ここまで見事な風景はない。

思わず気が緩んでしまうのも仕方ないというものだ。

俺は柔らかそうな草原を見つけると、一人でごろんと寝転がる。

そうして目を瞑《つぶ》り、しばし夜風を堪能していると、草を踏む音が聞こえてきた。

「……こんなところで何やってるんですか？」

その声に目を開けると、訝《いぶか》るような顔で俺を見下ろすアリアが立っていた。

「そりゃ見ての通り昼寝だよ」

「もう夜ですよ」

「じゃあ夜寝です」

「そんな言葉はありません」

アリアも普段より緩んでいるらしく、全く意味のないやりとりに付き合ってくれる。

かと思うと、ちらりと離れたところにいる部下たちに目を向けた。

「みんなのところに行かないんですか？」

つい、アリアの視線を追う。

焚《た》き火《び》を中心にいくつものテントがあり、その周辺で団員たちが楽しそうに歓談したり、食事を摂《と》ったりしていた。

「行かねえよ。俺はそこまで無粋な男じゃない」

『空の遺跡』に乗り込み、人類の生活圏にはない自然や未知の文明を楽しむのは、騎士である者たちの楽しみであり生《い》き甲斐《がい》だ。

それを堪能している彼らの元に、嫌われ者の俺が出向いて空気をぶち壊すなんて、そんな無粋なことをするつもりはない。

「……あなたはそういうのを気にしない人だと思っていましたが」

きょとんとしたように俺を見ながら、アリアが若干失礼なことを言う。

「別に。壊れた空気の中にいても、俺が楽しくないってだけだ。あいつらのささやかな幸せをぶち壊しても俺に利益がない。だからやらない。それだけ」

百歩譲って俺が楽しいならまだしも、絶対つまんないからね。

「よく分からない人ですね、あなたは」

何が興味を引いたのか、アリアは俺の側《そば》にそっと腰を下ろした。

「自己中心的なのに周りが見えているのか、周りが見えているのに自己中心的なのか。私の周囲にはいなかった性格の人です」

「……ま、騎士様たちの中で育ったんなら、そうだろうな」

基本的に、傭兵《ようへい》なんてはみ出し者だ。

人々の憧れ、その王道を進む騎士たちには分からないことも多いだろう。

だから傭兵と騎士の間には、しょっちゅう無意味な揉《も》め事《ごと》が起きる。

俺とゴードンのような喧嘩《けんか》は、珍しいものじゃないのだ。

「酒の一つでも持っている奴がいたら、遠慮なく乗り込むんだがな」

冗談めかして言うと、アリアは苦笑を浮かべた。

「さすがに『空の遺跡』の攻略にそんなものを持ってくる人はいませんよ。でも、そうですね。ここから無事に帰れたら、私が奢《おご》ってあげましょう」

「む。アリアちゃん、随分と太っ腹じゃないですか？　いやまあ遠慮なく奢ってもらうけども。なんせ今もうほとんどお金ないからね！」

上半身を起こし、アリアの発言に思いっきり食いつく俺である。

「あんなに報酬もらったのに……数日で使い果たすなんて、さすがの計画性ですね。けど、ちゃんと仕事はしてくれそうですし、何より先日はゴードンとの喧嘩でうやむやになってしまいましたから。あなたの歓迎会も含めて、そのくらいはしますよ」

おー、歓迎会か。ほとんど開いてもらったことないや。

基本的に仕事をこなしたら即サヨナラの淡泊な雇い主が多い中、人情味に溢《あふ》れるね。

「……なので、全員で生きて帰れるよう、全力を尽くしましょう」

不意に、アリアは沈んだ声を出す。

よく見れば、彼女は膝を抱え、瞳に濃い不安の色を宿していた。

——ああ、そうか。

実力を超えた高難易度の任務。一度攻略に失敗した『空の遺跡』。未熟な自分の双肩にかかる、部下たちの命。

これほどのものを背負って、重圧を感じないはずがない。

浮かれて緩んだように見える態度は空元気で、これが本来のアリア・カートライト。

いかに優秀で才能があるとはいえ、彼女はまだ、たった十六歳の少女なのだ。

俺のところに来たのも、部下たちに不安な顔を見せたくなかったからかもしれない。

「心配するな、アリア」

自然と、俺は彼女の頭をぽんと撫《な》でていた。

拒絶されるかと思ったが、彼女はされるがままに受け入れている。

「全員、ちゃんと生きて帰す。俺はそのために雇われたんだ。任せておけ」

笑顔を向けると、自分の不安を見抜かれたことが恥ずかしいのか、彼女は赤くなって顔を背けた。

「……あ、あなたに頼るまでもありません。あなたこそ私に任せてください。全員ちゃんと生きて帰しますから」

「そりゃ頼もしい」

少女の強がりに微笑《ほほえ》ましい気分になっていると、それが気に入らなかったのか、アリアは無言で俺の胸を軽く叩《たた》いてきた。

ご機嫌を損ねてしまったかもしれない。

「あはは、悪い悪い。そうだ、お詫《わ》びに一ついいものをあげよう」

ふと思いついて、俺はポケットを漁《あさ》った。

そして見つけたものを、アリアの手のひらに載せる。

「……これは？」

アリアが訝しげな目で俺に渡されたものを見つめた。

小さな剣を模した、銀の首飾り。

「災いを切り裂く銀の剣さ。俺の故郷のお守りでな、効き目は抜群だ。俺もこいつのおかげで何度助かったか分からん」

俺が人生最大の死地に陥った時、当時の仲間がくれたものである。

「いいんですか？　大事なものでしょう？」

アリアは唐突な贈り物に戸惑うように、銀の剣と俺を見比べた。

「ああ。こういうのは必要としている人が持っててくれるのが一番いいもんさ。だから、もしこれから先、お前の他にそれを必要としている奴《やつ》が現れたら、そん時は遠慮なくそいつに譲ってやってくれ」

俺がそう言うと、アリアも少しだけ笑ってから静かに頷《うなず》いた。

「……では、ありがたくいただきます」

早速、アリアは首飾りを自分の首に付けてみせた。

あまり女の子が好むような意匠のお守りではないが、凜々《りり》しい印象のアリアに銀の剣はよく似合っている。

「どうですかね。鏡がないので、よく分からないんですけど」

「いいと思うよ。うん、かっこいい。よし、せっかくだからゴードン君に見せにいこう。

きっとヤキモチを妬《や》いてくれるはず」

「よ、余計な諍《いさか》いを増やそうとするのはやめてください！　そもそもその問題はもう決着がつきましたので！」

慌てたように俺を止めようとするアリアに、思わず噴き出してしまう。

それで俺の意図に気付いたのか、アリアは唇を尖《とが》らせた。

「……からかいましたね？」

「はい。からかいました」

再び、アリアは無言のまま俺の胸を叩いてきた。

微笑ましい少女の拗《す》ね方に、ほっこりする俺である。

ともあれ、アリアの抱えていた緊張や重圧は和らいでくれたらしいし、よしとしよう。

——きっと、厳しい攻略になるだろう。

だけど、さっきの言葉を嘘《うそ》にしないよう俺は全力を尽くす。

そう、心に決めた。


翌日、俺たちは二つの班に分かれて仕事をすることになった。

『空の遺跡』の探索をする班と、本拠地《キャンプ》を防衛する班。

俺は探索側に振り分けられ、指揮官であるアリアたちと行動を共にすることに。

前衛をゴードン、殿《しんがり》を俺が担当し、『空の遺跡』内を進んでいく。

前回の攻略で作成した地図を元に、本拠地から歩くこと十分。

しばらくは自然に満ちた屋外を進んでいたが、やがて廃墟《はいきょ》の街に辿《たど》り着いた。

白亜の岩をくり抜いて作られた簡素な家屋の群れに、同じ石を組み合わせて作られた大きな施設。

一見すると俺たち人類と大差ない文明の発達具合に感じるが、あくまでそれは見た目だけの話。

この街には、間違いなく人類の文明を遥《はる》かに超えた『何か』がある。

「さて、調査を開始したいところですが……エフィさん、手順は？」

隊列の中央で陣頭指揮を執るアリアが、俺の少し前にいたエフィに意見を求めた。

まったくもって見た目に合っていないが、魔道士というのは遺跡の機構《ギミック》解除を担当することも多いため、エフィにも神代《しんだい》の考古学の知識があるのだろう。

エフィはぐるりと街を見回し、少しだけ考え込むような間を見せてから答えた。

「まあ地下に繋《つな》がる道を探すのが優先っしょ。多分、重要施設は全部地下迷宮に隠してあるはずだし。大きい建物から順に探していけば、どっかで当たりを引くはず」

「分かりました。ではまずあの建物を調査しましょう、前衛と後衛で二人一組に分かれてください」

アリアはエフィの助言に従い、調査の方向性を決めたらしい。

そうして、手近にあった巨大施設に全員で入ると、二人一組になって調査を開始した。

広い玄関と、いくつかの通路。その先にある小さな部屋。

石造りの建物の中も、人間の文明に近い作りをしていた。

まあ、人間が神様の建築様式を真似《まね》ているんだから当然と言えば当然だけども。

「なあエフィ。なんで地下に重要施設があるって思ったんだ？」

エフィと組んだ俺は、調査がてら少し興味の湧いたことを訊《たず》ねてみる。

「ここの防衛設備半端じゃなかったし。結構戦争があった証拠じゃん？　となると、重要施設は一番堅固なところに隠しておくものっしょ」

周囲を調査しながら、エフィが簡単に答えてくれる。

「神々の戦争ねえ……」

神様がこの世界からいなくなった理由の一つとして、たまに挙げられる説だ。

確かにそれが事実なら、地下に施設を隠すのも筋が通っている。

「なに、ハルトは戦争説否定派？」

俺の反応をどう思ったのか、エフィがそんな話を振ってきた。

「どっちでもないが、まあ本当に起きたのかちょっと疑問ではある」

探索をしながら、雑談程度に会話を続ける。

「可能性は高いと思うけどね。これほどの文明を誇った生物が絶滅した理由としては、一番しっくりくる。ま、いつか本当のところを解き明かしてみせるわ」

「騎士の使命ってやつか。ご苦労なもんだね」

団長も言っていたな、歴史の解明は騎士の使命であり人類の悲願だと。

まあ、神様の技術を使う――言ってしまえば、神様の後追いをしている人類としては、なんで神様が絶滅したのか知らないと不安だからね。

歴史を学べば先人と同じ轍《てつ》を踏まずに済む、というのは正論である。

「ま、今重要なのは地下があるかもってとこだけよ。とにかく、もしあたしの予想が合ってるんなら気を付けたほうがいいっしょ。地下にはどんな罠《わな》があるか分からないから」

警戒を露《あら》わにするように険しい表情を浮かべるエフィ。

が、次の瞬間、その顔がパッと明るくなった。

「なんか珍しいのがある」

俺たちが入った部屋には、多くの本が詰まった本棚と机、それに機械のような魔法具のようなものがいくつか。

「アリアを呼ぶか？」

「ん。お願い」

俺に答えつつも、エフィは魔道士の血が騒いだのか、色々と物色を始めていた。

それに苦笑しながら、俺は作戦前に支給された指輪を取り出す。

近距離通信用の魔法具である。

魔力を籠《こ》めると、指輪に嵌《は》められた青い宝石が淡く光り、すぐに声が聞こえてくる。

『はい、こちらカートライト』

「ハルトだ。エフィがなんか見つけたからこっち来てくれ。左の通路の手前から二番目の部屋だ」

『了解』

短いやりとりを終え、通信を切る。

ちょうどエフィも一通り調査を終えたようで、両手で持てる大きさの鏡を抱えていた。

「なんだ、それ？」

「分かんない。でも魔力を感じる」

矯《た》めつ眇《すが》めつしながら鏡を調べるエフィ。

そんな彼女を見守っていると、入り口のあたりから足音が聞こえてきた。

「お待たせしました」

俺が振り返るのと同時、アリアが室内に入ってきた。

「早かったな。これなんだが」

エフィが持つ鏡を指差してみせると、アリアも眉をしかめて首を捻《ひね》った。

「確かに魔力を感じますね……用途は？」

「まだ試してない。でも、誰かが魔力を籠めることで発動する感じのやつだと思う」

危険度は未知。

とはいえこれほど大きな施設にあったのなら、それなりに価値のあるものである可能性は高い。

「よし。じゃあ俺が使ってみるわ」

このまま様子見していても埒《らち》が明かないので、エフィから鏡を取り上げてみる。

「ちょ……何を考えてるんですか!?　危ないですよ！」

アリアが泡を食ったように声を裏返らせる。

「あっはっは。だから俺がやるんじゃないか」

俺は構うことなく、鏡に魔力を籠めた。

緑色の淡い光が鏡に満ち――すぐに消える。

「……なんも起きねえな」

肩すかしを食らった気分で、鏡を二人に見せた。

「ハルト、命知らずすぎ」

エフィは呆《あき》れたように溜《た》め息《いき》を吐《つ》いた。

その隣で絶句していたアリアの目が、軽く見開かれる。

「いや、何か書いてありますよ。これはいったい……」

言われて、俺も鏡をもう一度見てみた。

確かに鏡の表面に文字らしきものが浮かび上がっている。

が、神代の文字で書かれているのか、読むことはできなかった。

「……《壊れるもの。砕けるもの。鞴《ふいご》吹きは真理に至らず、硝子《がらす》の破片を拾い集める》

――『硝子の調教師』」

不意に、エフィがよく知っている詠唱を唱え始めた。

予想外の事態に、俺は目を見開く。

「今の、俺の魔法の詠唱だろ。なんで知ってる」

俺やゴードンのような近接専門の戦士は、長々とした完全詠唱を好まない。

威力や精度をある程度削っても最短の詠唱を好むし、この騎士団に雇われてからは一度も完全詠唱を使ったことはないはずなのに。

警戒しながらエフィを見ると、彼女は鏡を指差した。

「神代文字でここに書いてあるし。あと、もう一つある。《希望の道を征《い》く者よ、汝《なんじ》が愚者なら――」

エフィが目を懲らし、続きを読もうとする。

が、俺はその前に鏡を元あった場所に置き直した。

「読むまでもないだろ。ともあれ、これの効果は分かった」

俺の言葉に、アリアが頷《うなず》く。

「魔力を籠めた人間の魔法を読み取る魔法具、ですね」

「ああ。魔法とその詠唱は、そいつの在り方を表わしたもの。極めて高い精度で個人の特定ができる」

一部の基礎魔法を除き、魔法は同系統になることはあれ、完全に被《かぶ》ることはほぼない。

世の中には変装や視覚干渉のような魔法を使う奴《やつ》もいるが、この鏡ならそういったものを無効化して、相手の正体を見抜くことができる。

「間諜《スパイ》防止の魔法具ってわけね。こんなものが置いてあるってことは、ここはそれなりに重要な施設ってことっしょ。いきなり当たり引いたんじゃん？」

エフィの言葉に、俺とアリアも無言のまま賛同する。

その時、アリアの指輪が淡い光を放った。

「はい。こちらカートライト」

『副団長、広場の奥の行き止まりに隠し通路らしきものを発見しました』

「了解。すぐに行きます」

短く応答を終え、アリアは俺とエフィの顔を見回す。

「行きましょう。それと、これは戦利品として回収しておきます」

アリアは机の上に置いた鏡の魔法具を手に取り、軽く表面を見つめる。

「あ、それならあたしが持っててもいい？　色々と試したいこともあるし」

「構いませんよ。調べておいてください」

エフィの要求に応え、彼女に鏡を渡すアリア。

その間際、ほんの一瞬だけアリアの身体《からだ》から魔力が零《こぼ》れた。

「では行きましょう」

何事もなかったように歩き出すアリア。

「…………」


少し思うところがある俺だったが、何も言わずに後を追った。

そうして三人で遺跡内部を進み、報告があった広場の奥まで進んでいく。

見つけるのに苦労するかと思ったが、他の団員が集まっているのもあって、比較的あっさり発見できた。

「おう、こっちだ副団長」

手を上げて呼んできたのは、一際目立つゴードンだった。

彼の前にあるのは、何の変哲もない石の壁。

「ここに？」

アリアも訝《いぶか》るようにゴードンに訊ねるが、彼ははっきりと頷いてみせた。

「ああ。ここだけ壁を叩《たた》いた時の音が違う。何か仕掛《ギミック》けがあるかもしれないからまだ深く調べちゃいないが、この奥に空間が広がってるのは明らかだ」

その報告を聞いて、アリアはエフィに振り向く。

「エフィさん。お願いできますか？」

「りょーかい。なんとか開けてみるわ」

団員たちが見守る中、エフィが前に出て隠し通路を調べ始めた。

俺は一人そっと後ろに下がり、背中ががら空きになった集団を守る。

すると、役割を終えたアリアも団員の中から抜け出し、俺の隣にやってきた。

彼女はエフィの仕事を興味津々で見守る団員たちを見回すと、一つ溜め息を吐く。

「……前に進むことに意欲的なのはいいですが、背後への警戒が疎《おろそ》かになるのはいただけませんね」

「厳しいな、副団長」

苦笑しながらも、そっと自分が補ってあげるアリアは割といい奴である。

前方では、エフィが解錠の手がかりを見つけたのか、隠し扉に手を当てて魔力を流し込んでいた。

「もうすぐ開きそう。行くよ」

エフィが最後に強く魔力を流すと、波紋のように力が隠し扉に染み渡り、重低音を鳴らしながら隠し通路への道を開いた。

「開いた！」

一斉に沸き立ち、未知の空間を覗《のぞ》き込む『叡智の雫』。

――その時だった。

不意に、俺は浮遊感に襲われる。

「なんだ⁉」

咄嗟《とっさ》に下を見ると、さっきまであったはずの床が消滅し、地面にはぽっかりと黒い穴が開いていた。罠《わな》か！

「『硝子の調教師』！」

浮遊感が落下感に変わるのとほぼ同時、俺は魔法の硝子を召喚すると、茨《いばら》状に変化させて近くの柱に巻き付けた。

悪いが、この程度の罠でくたばるほど柔《やわ》な鍛え方はしていない。

そうして俺が地上に戻ろうとした時、視界の隅に銀色の髪が靡《なび》く光景が映った。

「アリア⁉」

隣を見ると、同じ罠に掛かったアリアが為《な》す術《すべ》なく落ちているのが見えた。

「ちっ……！」

俺は硝子の茨を手放すと、アリアを追って暗闇へと身を任せるのだった。


――ふと意識が覚醒すると、アリアの目には真っ暗な闇が映った。

「ん……」

頭がぼんやりする。

自分が何をやっていたのか思い出せない。

「よう、目が覚めたか？」

すぐ側《そば》から『騎士もどき』の声が聞こえてきた。

だけど、暗闇のせいで顔が見えない。

「ここは……？」

上半身を起こし、反射的に周囲を見渡す。

「さあな。結構落ちたから、現在位置はまだ分からない」

——落ちた。

その言葉で、アリアの記憶が戻る。

そうだ、隠し扉が開いた瞬間、急に足元の床がなくなって落下したのだ。

「み、みんなは大丈夫なんですか!?」

「多分、平気だろう。罠にかかったのは俺とお前だけだし」

その言葉に、アリアはほっと胸を撫《な》で下《お》ろした。

同時に、彼の言葉に嘘《うそ》があることも察する。

罠に掛かった瞬間、隣にいた『騎士もどき』が魔法を使って落下を防ぐのが見えた。

自分は助かることができたのに、アリアを助けるために落ちてきてくれたのだろう。そして、アリアに恥をかかせないようにそれを伏せている。

「……ありがとうございます」

礼を言いながら立ち上がろうとすると、くらりと立ちくらみがした。

暗いせいか平衡感覚が危うい。

思わずよろけたところで、横から腕が伸びてきてアリアの身体を支えてくれた。

「す、すみません」

暗闇での密着と不甲斐《ふがい》ない姿を連続で見せた羞恥で、アリアの顔が赤くなる。

「無理するな。落ちる途中で催眠系の気体《ガス》を吸わされたみたいだからな。意識をなくしたまま落ちて死ぬっていう、いやらしい罠だ」

言いつつも、同じく落ちてきた『騎士もどき』は当然のようにその気体を吸わなかったらしい。

普段は摑《つか》み所のない軽い性格なのに、やはり遺跡攻略となると隙がない。

「もう大丈夫です」

『騎士もどき』の泰然とした様子に少し対抗意識が湧いてきて、アリアはしっかりと自分の足で立った。

「とりあえずみんなと合流するぞ。普通なら罠にかかった時は下手に動かず助けを待つのが最善だが、ここの罠はちょっと性格悪いから長居は危険だろう」

即座に判断すると、『騎士もどき』は何やらごそごそと荷物を漁《あさ》り出す。

カチッと固いものを叩き合う音が聞こえたかと思うと、小さな火種が生まれた。

「よし、これで周りが多少は見える。アリア、これ持っててくれ」

どうやら油を染み込ませた布に着火したらしい。準備がいいというかなんというか。

アリアに火種を渡した『騎士もどき』は、当然のように先頭を歩き始める。

本来なら指揮官である自分が先頭を切るべきなのだろうが、アリアは自然と彼の背中を追っていった。

視界はろうそく程度の大きさの火によって支えられた狭いもので、アリアより二メイルほど前を歩く『騎士もどき』の元にはほとんど届いていないだろう。

にもかかわらず、『騎士もどき』の足取りは緩まず、まるで散歩道でも歩いているような気楽さだった。

「……随分と余裕がありますね」

地図もない真っ暗な道に、張り巡らされた罠の可能性。

自分はかなり神経をすり減らされているのに、『騎士もどき』にその様子はない。

「まあ、こういうとこは慣れてるからな。今更この程度じゃなんともないよ」

本当に落ち着き払った口調からは、強がりも感じられない。

こんな異常で特殊な状況にも慣れていると言えるあたり、彼の経験値の凄《すさ》まじさが垣間《かいま》見《み》えた。

そのまましばらく歩いたところで、『騎士もどき』がピタリと足を止める。

「『硝子の調教師』」

そうして、何故《なぜ》か魔法を発動した。

「いったいどうしまし――」

言いかけたところで、アリアも異変に気付く。

自分と『騎士もどき』以外に生き物がいるはずもない空間で、壁を擦《こす》るような異音が聞こえてきたのだ。

――罠！

そう判断したものの、視界が悪くて何も分からない。

音は聞こえるが、少し広い空間になっているらしく、反響が凄まじくて出所を特定できなかった。

「アリア。俺がいいと言うまで、そこから一歩も動くな」

「は、はい」

張り詰めた『騎士もどき』の声に、アリアは息を呑《の》んで頷《うなず》く。

次の瞬間、壁から何かが射出される音が聞こえてきた。

同時に『騎士もどき』が高速で動き、アリアのすぐ側で硝子《がらす》の剣を振るう。

甲高い金属音。

一拍遅れて、アリアの足元に複数の短剣《ナイフ》が落ちた。

刃先に触れた床が、しゅわしゅわと音を立てながら溶けている。

「毒……⁉」

無機物すら溶かす強い毒性を持った短剣だ。無防備に当たっていればどうなったか分からない。

怯《ひる》みながらも、アリアの芯に刻まれた騎士としての本能が魔法を発動する。

「『守護の鎧』！」

自分と味方に防御と継続治癒の補助魔法がかかる。

が、それ以上のことはできない。

雨音のように高頻度で聞こえてくる短剣の射出音。

その度に『騎士もどき』は暗闇で躍動し、まるでどこから短剣が放たれているのか分かっているかのように、その悉《ことごと》くを撃ち落としてみせた。

金属音が反響し、床の溶ける煙と毒の異臭が目と鼻に刺激を与えてくる。

そんな時間がいったいどれほど流れたか。

体感時間では一時間以上も耐えているような気がするが、恐らくは数十秒も経《た》っていないだろう。

「これで全部か。もういいぞ、アリア」

最後の短剣を打ち落とした後、『騎士もどき』が何事もなかったかのように呟《つぶや》いたのを聞いて、アリアは深々と溜《た》め息《いき》を吐《つ》いた。

何もしていないというのに、凄まじい疲労である。

「暗闇でだいぶ消耗しただろ。次に安全な場所を見つけたら、少し休憩しようか」

『騎士もどき』は、アリアの様子に気付いたようにそう提案してくれた。

「だ、大丈夫です！」

「そうか、頑丈だな。けどほら、俺が疲れてるし」

意地を張ってみせるアリアだったが、それも見抜いているように反論しづらい言い分を持ってくる『騎士もどき』。

「それなら、まあ」

これほど頑張ってくれた彼に休息を取らせないわけにもいかない。

二人はしばらく歩き進め、罠がないことを『騎士もどき』が確信した場所に移ってから、並んで腰を下ろした。

座ると、溜まっていた精神的疲労がどっと押し寄せてくる。

「……情けないですね、私。罠に掛かった上に、何もできていない」

だからだろう、つい弱音なんてものを零《こぼ》してしまった。

「何もできなかったってことはないだろう。俺に補助魔法かけてくれたじゃんか。あれ、結構助かったぞ」

「たったそれだけじゃないですか。最悪ですよ」

慰められても、逆に惨めになる。

『騎士もどき』の実力ならば、そんなものがなくても何の支障もなかっただろうから。

「それだけ、なんて言葉で片付けるなよ。正直、本当に感心してるんだ。ほとんど経験のない暗闇に叩き込まれて、ちゃんと他人のために魔法を使う余裕があるなんて立派だよ」

普段のからかうような軽い調子じゃなく、静かで真摯な口調。

隣に座った彼の顔を見ると、優しい微笑を浮かべている。

「俺が初めて同じ状況に立たされた時は、他人のことなんて考える余裕はなかった。自分が生き残るために必死でね……ナメクジみたいに暗闇を這《は》い回ってるだけだったよ。それに比べりゃ、アリアは随分上等だ」

そして昨日の夜やってくれたように、彼は再びアリアの頭をぽんと撫《な》でた。

恥ずかしいけど、何故か抵抗する気にはなれない。

「それに、最悪ってこともないぜ？　なんせアリアは生きてる。それで十分だろ？」

「それもあなたのおかげじゃないですか。自分の実力で生き残っているわけじゃない」

生き残るため、仲間を守るため、与えられた地位に相応《ふさわ》しい騎士であるため、アリアはもっと強くなければならないのに。

現実は、全然理想に追いついてくれない。

「……ふむ」

膝を抱えるアリアになにを思ったのか、『騎士もどき』は一つ頷いてから口を開いた。

「じゃあ、そんなアリアちゃんに強くなる方法を教えてあげよう」

「本当ですか？」

思わず、弾《はじ》かれたように彼のほうを見る。

歴戦の傭兵《ようへい》である『騎士もどき』の助言は、きっと役に立つものだろう。

「ああ。騎士が強くなるのに一番必要なのは――生き残ることさ」

意外なことを言われて、アリアはきょとんとしてしまう。

「なんです？　それ。矛盾してるじゃないですか。生き残るために強くならないといけないのに」

その様子を見て、さらに『騎士もどき』は笑って言葉を続けた。

「そう思うだろ？　でも逆なんだよ。ある程度の修羅場を何度も経験すると、誰だって嫌でもそれなりに強くなれるのさ。けど、そこまで生き残るのには運が必要でね」

語りながら、彼はここではないどこかに思いを馳《は》せるように、遠くを見た。

「どれだけ将来性に溢《あふ》れていても、その時点の実力じゃ対処できないような難敵に当たったらそこで死ぬだろう？　だから、強くなるのに一番必要なのは才能じゃない。『強くなるまで生き残ること』なのさ」

歴戦の傭兵が語る厳しい現実に、アリアは思わず聞き入る。

「自分の能力が完成するまでに、対処できない敵に当たらないこと。実力以上の厳しい場面に放り込まれても、なんとか生き残るだけの運を持っていること。それが何よりも大切なんだ」

「なるほど……」

そういう考え方をしたことはなかった。

新しい視界が開けたような、新鮮な気分である。

「その点、アリアは運がいい。なんせ俺といる時にこういう場面に出くわしたんだから。ここを生き残れば、お前はまたきっと一つ強くなる」

そうして彼は、また気さくに笑った。

「だからね、アリア。ここで動けなかったことを気にする必要なんてない。今は俺もいるし、頼りになる仲間もいるだろう？　今はただあいつらと一緒に生き残れ。守ってもらうのもいい。そうしているうちに、いつかお前も仲間をちゃんと守れるようになるから」

そんな彼の言葉に、アリアは自分の心が軽くなるのを感じた。

自分自身を縛り付けていた焦りと重圧が、ほんの少しだけ解けたような気がする。

「……ありがとうございます。少し気が楽になりました」

そうだ。今更自分の未熟を嘆いても仕方ない。

自分には支えてくれる仲間がいる。一人で背負う必要などなかったのだ。

素直に礼を告げると、『騎士もどき』は首を横に振る。

「いいや、礼を言うのはこっちのほうさ」

と、何故か『騎士もどき』はそんなことを言った。

「なんのことでしょう？」

「さっきの鏡の時、俺の魔法がエフィに分からないように、細工してくれただろ？」

「あ……」

どうやら、アリアがやった小さな行動を見られていたらしい。

さっきエフィが鏡を欲しがった時、そのまま渡してしまえば『騎士もどき』の魔法を閲覧されてしまうところだった。

だが、それをアリアは自分の魔力で上書きして、彼の魔法が分からない状態で鏡を引き渡したのだ。

「バレてましたか。なんだか照れくさいですね」

ちょっと落ち着かない気分ながらも認めると、『騎士もどき』はじっとこっちを見つめてきた。

「正直、俺の魔法は全部知っておきたいところだっただろ？　見ないでよかったのか？」

アリアは未熟で、少しでも多くの戦力が欲しい。

だから『騎士もどき』に隠している力があるのなら、それを開示してほしいのが正直なところだ。

「ええ、もちろん」

しかし、その上でアリアは胸を張って頷いた。

騎士団はお互いの獲物が被《かぶ》った時や、政治の事情によって対立することもある。その間を渡り歩く傭兵にとって、自らの切り札を騎士団に明かすことの意味は大きい。昨日まで味方だった存在が敵になる可能性だって少なくないのだから。

なので、大抵の傭兵は自分の武器や魔法を完全に明かすことはしないし、騎士側もそれを求めるのは礼儀に反するとされている。

アリアは、その筋を通しただけだ。

「……お前がゴードンを押しのけて副団長になった理由、分かった気がするよ。その潔さは誰もが憧れるものだが、誰もが持てるものじゃない。きっとその輝きに人は付いてくるんだろう。お前を支えたいと、そう思って」

アリアの答えに何を思ったのか、『騎士もどき』は柔らかい笑みを浮かべた。

「そ、そんな大層なものじゃないですよ」

過分な褒め言葉に、アリアはまたも自分の顔が赤くなるのを感じた。

「自覚がないのも奥ゆかしくて可愛《かわい》いね。これはゴードン君も惚《ほ》れるわけだわ」

完全にいつものノリでからかってくる『騎士もどき』。

「そ、その話はもう終わったので蒸し返さないでください！」

おかげで、アリアもようやく平常心を取り戻した。

と、アリアをからかって満足したのか、『騎士もどき』は、一つ息を吐いてから、居住まいを正した。

「じゃあ、真面目な話に戻すとして。アリア・カートライト副団長。自分の有利を捨ててまで誠意を見せてくれたお前に、俺も誠意を返そう――俺の二つ目の魔法について、少し教える」

アリアがあえて踏み込まなかった部分に、『騎士もどき』のほうから踏み込んできた。

自然と、アリアの背筋も伸びる。

「といっても、たいしたことは言えないけどな。二つ目の魔法は……なんというか、ハズレでね」

「ハズレ……？」

首を傾《かし》げるアリアに、『騎士もどき』は複雑そうな表情で答えた。

「そう、使い物にならないただのハズレ。魔法は己を映す鏡というが、あんなもんが俺の中にあるというのは、なかなかに認めがたい」

嘘《うそ》や誤魔化《ごまか》しではなく、本心からの言葉なのがアリアにも分かった。

「……そうなのですか？」

本心だからこそ、それはアリアにとって意外なものだった。

「ああ。生涯で一度も使わない魔法だろう。世の中にはそういうものもあるのさ」

「…………」

アリアは無言のままじっと『騎士もどき』を見つめる。

思えば、自分は彼のことを何も知らない。

立場の違いや強さへの畏怖、軽い性格への反感ばかりが先立って、アインハルト・ウィラーという人間のことをちゃんと見ようとしていなかった気がする。

それはなんだか、少しだけ寂しいことのように感じた。

「よし、十分休んだな。そろそろ出発しよう」

やがて彼はもう語るべきことはないと思ったのか、その場から立ち上がった。

「あ、はい」

慌ててアリアも立ち上がる。

……この『空の遺跡』攻略が終わったら、もう少し踏み込んでみようか。

幸いにも歓迎会のやり直しもあるし、彼が旅立つ前にもう少しだけ、立場抜きで彼と接してみたい。

そんな未来を思い描きながら、アリアは『騎士もどき』の後を追うのだった。

「アリア、ハルト！　よかった、見つかって！」

数十分かけて俺とアリアがなんとか地上に戻ると、捜索してくれていたらしいエフィに出くわした。

「おお、エフィ。俺がいなくてさぞや不安だっただろう。なんせ爽やか好青年担当の俺がいないと、ゴードンとかいう筋肉野郎の暑苦しさを中和できないからな。辛《つら》い思いをさせた」

「誰が筋肉野郎だ！　あと誰が爽やか好青年⁉」

エフィのすぐ近くにいたゴードンが、俺の暴言に反応する。

「なんだ、ゴードン。お前もいたのか」

「いたよ！　ていうか普通に見えてただろ！　なに今気付いたようなツラしてやがる！」

突っかかってくるゴードンとじゃれていると、俺の少し後ろを歩いていたアリアが二人の前にやってきた。

「すみません、ご心配おかけしました。ゴードン、みんなを集めてください。攻略を続けましょう」

「お、おう」

落ち着いた様子で指示を出すアリアに、熱くなっていたゴードンも我に返ったように仲間の元へ走り出す。

「……ハルト、何か言ったの？　アリアは絶対へこんでると思ったのに」

エフィもアリアの態度を意外に思ったのか、俺の顔を探るように見上げていた。

「いやいや、たいしたことは何も。ただアリアはまた一つ乗り越えて強くなったっていうだけの話さ」

肩を竦《すく》めて受け流すと、エフィはまだ納得いかなそうな顔をしていたものの、「まあいいけど」と言って追及をやめた。

そうして俺たちの捜索に当たっていた団員たちをゴードンが集めてくると、再び隊列を組み直して隠し扉のところまで向かう。

「ふう、ようやく戻ってこられました。時間を無駄にしてしまいましたね」

アリアが少し感慨深そうな表情で隠し扉を見る。

最初に見た時は壁があった場所に長方形の穴が開き、その先の道は地下へと下る坂道になっているらしい。

「今度こそ気を付けて進みましょう。エフィさん、明かりをお願いします」

「うん」

さっきと同じ隊列でゆっくりと坂道を降りていく。

薄暗い下り坂を、エフィの生み出した光の玉だけが照らした。

足音と呼吸音以外には何も聞こえない沈黙。

いったい、この暗闇に何が潜んでいるのか。いつ飛び出してくるのか。

その兆候を逃さないようにみんな最低限の音しか立てない。神経がすり減る時間だ。

「……何か聞こえねえか？」

最初にそう言ったのは、先頭を歩くゴードンだった。

彼の言葉に、全員が耳を澄ませる。

「水の流れる音、か？」

俺の耳にも、その音は僅かに響いた。

寄せては返す波のような、液体特有の音。警戒と期待の度合いが一気に跳ね上がる。

「こういう時こそ慎重になりましょう。皆さん、何が起きてもいいように準備してください」

アリアが部隊の気持ちを引き締め、全員でまた進み始めた。

それから五分ほど歩いた頃だろうか。唐突に、真っ暗だった視界が開けた。

「ぬっ……」

暗い空間に慣れた眼球に強い光が飛び込んできて、一瞬だけ目眩《めまい》を起こした。

すぐに歯を食いしばって意識を取り戻し、真《ま》っ直《す》ぐに前を見据える。

そんな俺の瞳に――予想外の光景が映った。

巨大な湖だ。

半球状に開けた空間に、視界いっぱいの湖が広がっている。

しかも、ただの湖じゃない。

空の青と、雲の白を湖面に映す、あまりにも美しい湖だった。

ありえるか？　ここは地下遺跡で、天井には岩盤しかないのに。

いったいどこの何を反射して、こんな美しい湖を作り上げているのか。

「……空間転移の一種っぽい。空間をねじ曲げて、ここにはない湖を召喚してる」

エフィの言葉に、アリアが素早く反応した。

「なるほど。本来この湖があるべき場所の、あるべき空を湖は映しているわけですね……さすが神代《しんだい》の魔法、破格の技術ですね。是非とも欲しい」

神代の魔法に詳しくない俺にはピンと来なかったが、空間転移というのは納得できた。

ここは双子遺跡『弟』。『兄』と戦力を送り合う『空の遺跡』。

恐らくこの空間転移という超常の現象こそが、この『空の遺跡』の特性の根幹にある神代の技術なのだろう。

「多分だけどここは漁場っぽい。油断はできないけど、罠《わな》は見当たらないかな」

「では周囲の様子を把握してから少し休みましょう。未知の遺跡ですし、次はいつ休めるか分かりませんからね」

エフィがもたらした情報で方針を決めたアリアは、団員たちに休憩を言い渡す。

水辺を持つ鋼船都市は珍しいため、この手の場所に来るのは久しぶりだ。

こういう高度に発展した未知の技術に出会えるのは、この仕事ならではの魅力である。

「にしても漁場かあ……釣りでもしてみようかな」

頭の中で釣り竿《ざお》をなるべく精密に想像し、『硝子の調教師』を使って硝子《がらす》の釣り竿を生み出すと、罠の製作用に持っていた糸をくくりつけて完成させる。

「……うん、完璧。餌は干し肉をちょっと使うか」

いざ釣りへ。

わくわくしながら湖に向かうと、大男がじっと湖面を眺めているのを発見した。

「やっほい、ゴードン君。そんなとこで何してんのさ」

友好的に手を上げて挨拶すると、ゴードンは一瞬だけ嫌そうな顔をしたものの、もはや俺の存在に慣れたのか、今までほど動揺することもなく視線を湖に戻した。

「別に。ただ水辺を見てただけだ。湖に来るのは久しぶりだからな」

「へー……うりゃっ」

俺は彼の隣に腰を下ろすと、釣り針を湖に向かって投げた。

と、それに興味を持ったのか、ゴードンは硝子の釣り竿をしげしげと見つめてくる。

「お前は釣りか。便利な魔法だな」

「なに、錬金術でも下位のものだよ」

「……根に持ちやがって」

軽く冗談を言うと、ゴードンは露骨に顔をしかめた。

が、特に移動することなく、俺の隣に腰を下ろす。

「……あいつが副団長に昇進した時の仕事も、こういう場所のある遺跡だった」

ぽつりと、懐かしむようにゴードンは零《こぼ》した。

「あいつって、アリアか」

「ああ」

湖を見ながら、ゴードンは静かに言葉を重ねる。

「正直あの時はきつかった。俺が副団長になるって思ってたからな。けど、今なら分かる。

俺はそういう器じゃねえ」

「おいおい、いつの間にか随分と大人になったじゃねえの。何があったんだ？」

「ちょっと野良犬みたいな馬鹿に喧嘩《けんか》で負けてな。色々と思うところがあったのさ」

失礼な。誰が野良犬だ。

「……魔法は嘘《うそ》を吐《つ》けない。どんなに自分を大きく見せようとしても、結局は騎士をやり続ける限り、嫌でも自分の器ってやつを直視することになる。それが分かった以上、あんな虚勢の張り方をしたって、惨めになるだけだ」

「ああ、そうだな」

笑わず、静かに頷《うなず》いた。

それはゴードンに限った話じゃないから。

アリアもエフィも、そして俺だって。

魔法という力を使って戦う以上、常に自分自身と向き合うことになる。

たとえ、そこにどんなに醜い本性が隠れていたとしても。

「思えば、あいつに惚《ほ》れていたのもそれが理由だったんだろう。自分が副団長になれなかったから、副団長を自分の女にして溜飲《りゅういん》を下げたかったんだ」

「くだらん見栄《みえ》だな」

「まったくだ」

俺の正直すぎる感想にも、怒りを露《あら》わにすることのないゴードン。

「……そのせいでアリアには迷惑をかけた。本当は俺が支えなきゃいけなかったのにな。たった十六歳の女に、色んなものを背負わせすぎた。あいつがあんな堅物になったのも、他に頼りになる奴《やつ》がいなかったからだ」

懺悔《ざんげ》のように、ゴードンは言葉を零す。

俺は静かにそれを聞いた後、軽く笑い飛ばした。

「それに気付けたんならこれからなんとかなるだろうよ。なに、アリアは器のでかい女さ。お前の暴走くらい笑って許してくれる」

「だといいがな……ん？　なんだ、あいつら」

遠くを見たゴードンが、何かに気付いたように眉根を寄せた。

視線を追うと、湖の隅で女子たちがまとまって歩いているのを見つける。

その様子を見て、すぐに俺は事情を察した。

「なるほど。そういうことか」

そして俺は釣り竿を持ったまま、思わず立ち上がった。

「あ？　なんだよ、いったい」

が、鈍感なゴードンはまだ気付かないらしい。

「簡単なことだ。『空の遺跡』内で安全な水場は少ないし、ついさっき埃《ほこり》っぽい隠し通路を抜けて身体《からだ》が汚れている。となれば、この湖でやることは一つ！」

俺の言葉に、ゴードンが思いっきり目を見開いた。

「水浴びか……！」

「その通りだ！　というわけで、行くぞゴードン！　俺たちは『空の遺跡』の未知に挑む存在だ！　この未知を見逃す手はないぞ！」

「ま、待て！　お前なにするつもりだ！」

一気に駆け出そうとした俺の肩を、ゴードンが摑《つか》んで止める。

「そりゃ女子が水浴びするって言ったらやることは一つだろ！」

「覗《のぞ》く気か⁉　お前こんなところで仲間割れ起きる要因作ってどうする！　アリアもいるの見たぞ！　罪人として裁かれかねん！」

「大丈夫！　なに、アリアは器のでかい女さ。俺の暴走くらい笑って許してくれる」

「許されるかぁ！」

「いいか、ゴードン君。昔の人は言いました。やらずに後悔するくらいなら、やって後悔しろと。というわけで進むぞ、親友《とも》よ」

「その言葉がそんなに危険な意味を持つって今初めて認識したわ！　とにかくやめろ！

っていうか俺を巻き込むな！」

必死の形相で俺を止めてくるゴードン。

思った通り、こいつからかうと楽しいな。本気で怒らせても怖いからこの辺でやめとくけど。

「まあ落ち着け。ただの冗談だ」

彼を手で制してみせると、ゴードンは疑惑の目で俺を見てくる。

「……本当に冗談か？」

「ああ。俺は裸が見たい時は、正面から堂々と頭を下げて頼む男だ」

「なんでその情けない一面を胸張って言えるのかが分かんねえよ！」

そんな話をしていると、不意に釣り竿を引っ張られる感覚があった。

「ん？　あれ、これもしかして当たりか？」

ぐっと引いてみるも、びくともしない。むしろ引っ張り返されるような感覚があった。

「うおっ、すげえ大物だぞ！　おいゴードン手伝え！」

「お、おう！」

勢いに飲まれたように、俺の後ろから釣り竿を持って引っ張るゴードン。

が、力自慢の彼の補助を得ても、魚は揚がってこない。なんて重さだ。

「ぐっ……マジかこの魚。騎士級が二人で引いても揚がらないなんて……⁉」

ゴードンも魚の強さに驚きを露わにしていた。

俺はぐっと釣り竿を握り直すと、腹の底に力を込める。

「よっしゃ。こんだけ強いなら相当デカいはずだ。きっと全員分の食糧になるぞ！　せーので釣り上げる！　いくぞ、せーの！」

「っらあ！」

力を合わせ、一気に釣り竿を引いた。

さすがに二人の全力には抗《あらが》えないらしく、とうとう魚は湖から飛び出して陸地へと揚がってきた。

俺は初めての釣果に、目を輝かせて獲物を見る。

体長は十メイルほどで、全身真っ白。巨大な鱗《うろこ》と陸上でも活動可能な手足が生えた、カエルになりかけのおたまじゃくしみたいな姿の魚。

「おお……神代の魚は変わった姿をしてるな」

「んなわけあるかぁ！　水中型の偽神だ馬鹿！」

思わず感心する俺の隣で、ゴードンが戦斧《バトルアックス》を構える。

直後、その敵意を感じたように偽神はゴードンに向かって勢いよく尻尾を叩《たた》きつけた。

「ぐっ……⁉　なんつう馬鹿力だこいつ！」

ゴードンはなんとか尻尾を受け止めたものの、全く余裕はなく、武器と腕の筋肉がみしみしと音を立てていた。

「任せろ！」

俺は釣り竿をどろりと溶かして剣に変えると、ゴードンを襲うしっぽを叩き切る。

「アアアアアアアアアアオオオオオオ！」

紫色の血を撒《ま》き散《ち》らしながら悲鳴を上げる偽神。

が、次の瞬間、すぐに尻尾は再生してしまった。

厄介だ、表にいた人型の雑魚どもとは桁が違う強さである。

「つーか、防衛装置は止めたのに、なんでこんなのがいやがるんだ」

俺の疑問に、ゴードンは激突の衝撃で痺《しび》れた手を軽く解《ほぐ》しながら答える。

「前の作戦の時に『兄』から転移されたうちの一体だろ。そいつらは『弟』の防衛装置で動いているわけじゃねえから、こういうこともある。事故みたいなもんだな」

なるほど、また面倒なもん呼んじまったな。まあ悪いことばかりではないが。

「今ここで処理できるのは不幸中の幸いだな。襲われたのが俺たち以外の奴だったら確実に死んでた。犠牲を出す前に倒すぞ、ゴードン」

「しゃあねえ！　不本意だが背中任せてやる！」

俺たちは打ち合わせをすることもなく左右に分かれ、偽神を翻弄する。

「オオオオオオオオオオアアァァ──！」

敵が最初に狙ったのは、尻尾を切断した俺だった。

唇を大きく開き、ギザギザの歯で噛《か》みつこうとしてくる。

しかし──遅い！

俺は斜め前に踏み込み、ガチンと音を立てる噛みつき攻撃を回避した。

同時に、恐らく弱点の一つであろうエラの前に位置取ることに成功する。

「魚ならここが急所だろ！」

俺は硝子《がらす》の剣を思いっきりエラに差し込むと、内部で刀身を伸ばして内臓を破壊しようとする。

「アアオアアアアアアアアアアアアアアア!?」

「げっ!?」

極大の悲鳴と地響きが鳴るほどの暴れっぷりに、思わず俺の足が宙に浮いた。

「大人しくしやがれ！　『大地迸る蛇《レクタ・ファルマ》』！」

ゴードンの魔法が偽神の右前足に直撃する。

その衝撃で硝子の剣がエラから外れ、俺は体勢を崩しながら地面に落下した。

「オラァ！　もう一発！」

魔法が有効と見たか、ゴードンが間髪入れずに追撃を放つ。

だが、彼の魔法は直線的なもの。偽神もそれが分かったのか、身をよじって射線から逃れた。

あとに残されたのは、まだ体勢が整っていない俺だけ。

「ちょ——ぐっほあ!?」

慌てて跳んだが避《よ》けることはできず、大地に迸《ほとばし》る衝撃が俺の全身に浴びせられて思いっきり吹っ飛ばされた。

自分の跳躍の力も相まって、流れ星かと思うほど綺麗《きれい》な放物線を描き、俺は戦場からぐんぐん遠ざかっていく。

「あ、悪い！　けどなんかちょっとすっきりした俺がいる！」

「ふっざけんなあああああああああ！」

虚《むな》しい叫びを残しながら、俺はどこまでも飛んでいった。

ぐるぐると回る視界と肉体の損傷《ダメージ》のせいで、一瞬だけ平衡感覚がなくなる。

何秒飛んだか、ふと湖の青が目に入ったのと同時、思いっきり水の中に叩きつけられる感覚がした。

やばい、上下が分からない。

「むがが……！」

暴れるように手を伸ばすと、何かふにっと柔らかいものを掴む感触がした。

「ひゃっ⁉」

同時に、甲高い女の声が聞こえる。

よく分からんが、声が聞こえてくるほうが上だ。そこに向かって上がればいい！

「……っぷはあ⁉」

水面から思いっきり顔を出す。なんて空気が美味《おい》しいんだ。

命がある奇跡を噛みしめながら、俺は自分の手にぎゅっと力を込める。

「ひゃう⁉」

また、さっきと同じ声。

そこでようやく平衡感覚が安定し、目の前のものに意識を向ける余裕が出来た。

超至近距離に、赤い目があった。

次いで水をしたたらせる銀色の髪。この見覚えのある色合い、間違いなく我らが副団長、アリアである。

ちょうどいい。自業自得とはいえゴードンが一人で戦っているのだ。彼女の補助魔法の力を借りよう。

「アリア、緊急事態だ」

「ええ、そのようですね」

真剣な声で話す俺に、アリアはぷるぷると身体を震わせて頷《うなず》く。

なんて話が早いんだ……と思ったのも束《つか》の間《ま》、そこでようやく自分の周囲に目をやる余裕が出来た。

湖本体から流れて出来たのだろう、周囲の岩壁のおかげで周りから見えない小さな湖。

まさに人目を忍んで水浴びをするにはちょうどいい一角である。

というか、ぐるりと見回すと裸の女たちが凍り付いたようにこっちを見ていた。

そして正面に目を戻すと、引き攣《つ》った表情で俺を見る裸のアリア。

さらに視線を落とすと、アリアのささやかな胸部装甲を摑む己の手があった。

手のひらに収まる大きさだが、柔らかさと張りがあり、食い込んだ指を押し返してくる弾力がある。

ずっと触っていても飽きそうにない……が、そういうわけにもいかないだろうなあ。

『きゃあああああああああああああああああああ!?』

俺が事態を飲み込むのと同時に、周囲の女子たちも事態を理解したらしく、爆発するような悲鳴が上がった。

「まあ待て！　落ち着け！　これには深い訳がある！」

アリアの胸から手を離し、冤罪《えんざい》であることを主張する。

「――一応、遺言があるなら聞きますが」

腕で裸を隠しながら、いっそ穏やかさすら感じるほど感情の抜け落ちた声で呟《つぶや》くアリア。

あ、これ本当に殺す気のやつだ。

なんとか自身の潔白を証明しなくては……！

「だから待ってくれ！　これは事故なんだ！　俺だって本意じゃない！　考えてみてくれ！　もしわざとやったのなら俺はアリアを狙ったりはしない！　絶対エフィを狙うね！　だってそっちのほうが胸囲《ロマン》があるもの！」

「よし、殺します。女子団員に告ぐ！　これより『騎士もどき』討伐作戦を開始します！　各自服を着たのちに攻撃開始！　対象は接近戦に優れるため、前衛は必ず複数で当たり壁役に徹すること！　後衛が魔法で体力を削ってから総攻撃をかけます！」

しまった、説得に失敗した！

完全に敵将《ボス》攻略の戦術取ってくるじゃん！

「やべ、逃げろ！　ゴードン君助けて！　俺を魔法の力でここまで運んでくれたゴードン君！　この事件の黒幕のゴードン君！」

囮《おとり》＋報復のため、大声で道連れを作ろうとする俺である。こんなんだから色んな騎士団に問題児扱いされるんだろうね！　直さないけどね！

「討伐対象が増えました！　ゴードンもついでに叩《たた》っ切りなさい！」

よっしゃ、うまくいった！

これでゴードンのところまで逃げてから敵の目をあいつと偽神に移し、その隙に俺は華麗に修羅場から脱出する。

「うはははは！　待ってろゴードン！」

妙に振り切れた高揚感のまま、俺は裸体の女たちの間を駆け抜けるのだった。

その後、予定通りゴードンと偽神に全てを押しつけ、そのまま部隊から行方を眩《くら》ませた俺は、念のために休憩中はずっと姿を現わさず、出発の段階になってからしれっと隊列の最後尾に混じるのだった。いやほら、俺って元々殿《しんがり》だし？

全員揃《そろ》ったのを確認すると、隊列中央にいたアリアが凜《りん》とした声を張り上げる。

「では出発します。さっき討伐した偽神の存在からも分かるように、防衛装置を止めたとはいえ油断は禁物です。各々慎重な行動を心がけるように」

周囲からちくちくとした視線が刺さる上に、アリアに至っては露骨に殺意が滲《にじ》み出ているものの、さすがに出発の段になってまで蒸し返そうとは思わないらしく、俺を追及する者はいない。

ちなみにゴードン君は隊列の先頭で息も絶え絶えになっています。はは、いい気味だ。

とはいえ、そんな遺恨を表立って引きずるわけにはいかない。

俺たちは個人的ないざこざを頭の隅に置き、命の懸かった冒険を再開した。

湖の奥にあった通路を進み、さらに深い地下を目指していく。

また真っ暗な道のりかと思ったが、今度は壁全体が淡い光を放っており、さっきよりずっと歩きやすかった。

「……明かりが常設されてるってことは、この辺は人の出入りが激しかった場所なのかも。なんかあるんじゃないかな」

エフィがぽつりと零《こぼ》した推測が、否応《いやおう》なしに緊張を高めてくる。

そのまま進むこと十五分ほど経《た》った頃だろうか、ようやく通路は終わりを迎え、また少し開けた空間に出た。

地上にあったほど立派ではないが、街らしき建物の群れ。

しかし、地上とは違って民家らしきものは少ない。

月明かりほどの明度しかないため見づらいが、それでも視界に入る全ての建物が余計な装飾や生活感のない……恐らくは研究機関のようなものだった。

「この『空の遺跡』の外観から考えると、この辺が遺跡の中央。恐らくは最重要地区になるはずです」

アリアが地図作成《マッピング》班の即席地図を見ながら、そう呟いた。

俺も、その考えに頷く。

「ってことは、ここに何か隠されてる可能性が高いな」

恐らくはこの場所こそが、空間転移の研究を行っていた場所なのだろう。

「地上と同じように二人一組に分かれて行動しましょう。目的は空間転移の研究内容、及びそれに準ずるもの。それと『騎士もどき』は私と来るように」

むぅ。名指しで呼ばれてしまったか。

まあやらかしたばっかりだしな。問題児を先生が直接管理するみたいなことだろう。

各々が探索を始める中、取り残された俺とアリアは自然と目を合わせる。

「で？　どうしましょうかね、副団長殿」

俺が声を掛けると、アリアはまだ少しむすっとした状態で歩き出した。

「うちの団員は優秀ですから。あなたがまた問題を起こさなければ、自然とこの街の仕組みを解き明かしてくれますよ。であれば、私の仕事はあなたの監視だけです」

うーん、めっちゃ怒っている。

まあ当然だけどね。さっきの乱入は事故だが、俺の失言は事故じゃないものね。それについては完全にこちらに非がある。

「悪かったって。確かに不幸な行き違いはあったが、結果としては身近に潜んでいた敵を最善の形で仕留められたじゃないか。うん、前向きに行こうぜ」

「それは……そうですけど」

まだ釈然としない様子ながらも、指揮官としての合理性で俺の言い分を少しは認めてくれたのか、アリアは一つ溜《た》め息《いき》を吐《つ》いただけで表情を元に戻した。

「私たちも調査を始めましょうか。『兄』の攻略状況が分からない以上、何度もここに来られるか怪しいですし、少しでも多くの情報が欲しいところですから」

「賛成だ」

もし俺たちが攻略に成功しても、団長率いるA班が『兄』の攻略に失敗していたら、またこの『弟』にも新たな戦力が補充されることになる。

その可能性を考えると、微々たる成果でも惜しい。

俺たちは手近な建物に入ると、中を調べ始めた。

壊れた機械と石版、魔法具の残骸など、ほとんどゴミに近いものが置いてある。

長い年月による経年劣化ともまた違うな。壊れてから放棄されたような感じだ。

「にしても、ここまで順調だったな。問題と言えば落とし穴と湖くらいだったし」

魔法具の残骸を軽く解体しながら、アリアに話を振る。

あっさりと最深部まで辿《たど》り着いたことに、俺は正直ちょっと拍子抜けしていた。

アリアも機械を調べながら、俺の言葉に頷く。

「私もこの展開は意外ですね。落とし穴は大変でしたが……前回は最初の上陸の時点で今回の五十倍ほどの戦力に囲まれて、そのまま丸一日戦闘を続けましたから、それに比べれば随分と楽になっています」

地獄を思い返すように、アリアが遠い目をした。

「そりゃあ大変だったな」

恐らく今もまだ俺たちが戦った何十倍もの偽神が双子遺跡には眠っているのだろうが、それが起動する前に両遺跡の防衛装置を止めることに成功したため、今回はこの程度で済んだのだろう。

「ええ。さすがにこれは無理だと団長が撤退命令を出して、攻略は失敗しました。なので、この展開は私もちょっと肩透かしです。まあ、攻略手順が分かった『空の遺跡』にはよくあることですが」

『空の遺跡』には、いわゆる初見殺しと呼ばれる機構《ギミック》を持つものも多い。

その手の『空の遺跡』は、きちんと対処法を練って挑めば、二度目の攻略は驚くほど楽になったりするのだ。

恐らくこの双子遺跡もその一つ。

二つの遺跡を同時攻略という最適解によって、攻略難易度が数段下がっているはず。

「しかし、これだけ順調であれば、空間転移の技術だけでも確実に手に入れたいですね。実用化にはすごく時間がかかるでしょうが、十年後には人々の生活を大きく変える技術になるはずですよ」

きらきらと輝く瞳で、人々の生活に思いを馳《は》せるアリア。

所詮は己のためだけに動く傭兵《ようへい》である俺には理解できない、騎士だけの喜び。

とはいえ、自分に理解できないものに価値がないと思うのは、愚か者の思考だ。

未来に夢を広げる少女を静かに見守るくらいの分別は、俺にだってある。

「そうだな。この技術を手に入れられたら、人類の生活圏がかなり広がるだろう。人々の生活の在り方が変わりかねない大偉業だぞ」

その事業に携わることに対する誇りはないが、俺の生活が便利になるのはいいことだ。

話をしながらも、俺の手は部屋にあった魔法具を全て解体し終えていた。

とはいえ、めぼしいものはない。他の遺跡で既に発見されているような道具ばかりだ。

「……ハズレだ。そっちは？」

機械のほうを調べていたアリアも、成果を得られなかったのか、首を横に振った。

「駄目ですね。他の場所を探しましょう」

俺たちは揃って家屋を出ると、隣にあった建物に入る。

と、そこにはエフィが一人で立っていて、古い本を読んでいた。

「……『そして空間を跳ぶ技術が完成した。この技術はいずれ革命を起こすだろう』。うん……なかなか興味深い」

俺たちには全く気付かない様子で解読を続けるエフィ。

邪魔するのは悪いと思ったが、警護も付けずにそこまで集中するというのは無防備だ。

「ようエフィ。調子はどうだ？　相方はどうしたんだよ」

声を掛けると、彼女はこっちを一瞥《いちべつ》したが、よほど書物が興味深いのか、また手に持った本に目を落とした。

「ん？　まあまあよ。ちょっと解読に時間かかるから、組んでた子には他のとこを調べてもらってんの。空間転移の技術を開発した神様の手記っぽいものを見つけたから」

「本当ですか⁉」

エフィの報告に好奇心を刺激されたのか、思いっきり食いつくアリア。

俺もさすがに興味を引かれ、エフィの背後から手元を覗《のぞ》き込む……が、読めない。

神代《しんだい》の文字で書かれているのもさることながら、エフィの胸が大きいため、俺の角度からは文字が見えないのだ。見えるのは谷間だけ。まあ俺はこっちのほうが楽しいけども。

「続き読むね。『空間転移は素晴らしい。海の一部を切り取ってこの都市に持ち込むことに成功した。いずれ世界の果て、いや宇宙の果てにまで辿り着ける技術だ』」

「……やっぱり、凄《すご》い技術なんですね」

アリアは瞳を熱っぽく輝かせる。

「『空間転移の技術を使い、他国と同盟を結んだ。有事の際は、空間転移を使って互いの守護兵を融通する仕組みを作った。これでこの国の将来は安泰だ』」

「これは双子遺跡『兄』のことか？　元々は違う国だったと」

当時の政治や国際情勢がぼんやりとだが見えてきた。

だとすると、なんで元々違う国だった二つの遺跡がこんなにそっくりな見た目をしているのか謎だが、それも読み進めていけば分かるのだろうか。

「『世界は革命のただ中にありながらも穏やかだ。空間転移は既存の問題の多くを解決してくれた。この世にある幸福の量は確実に増えただろう。この日々が続くことを祈る』」

手記からも、この開発者の幸福と誇りが滲んでいた。

「……幸せな国だったんですね、ここ」

アリアが、今は無き神々の幸福に共感するように頰《ほお》を緩めた。

こうした他者への共感は、俺にはない人としての美徳である。

「そりゃこれだけの技術があれば色んな問題が解決するもんね。あたしも是非欲しい。これさえあれば、『空の遺跡』に行く度に乗り物酔いに怯《おび》えなくて済むし」

本気か冗談か分からないことを言いながら、エフィが頁《ページ》をめくる。

その瞬間、彼女は目を見開いて息を飲んだ。

「……どうした？」

その様子に不穏なものを感じて問いかけると、彼女は我に返ったようにゆっくりと息を吐いてから、続きを読み始めた。

「……『やられた！　ちくしょう！　あいつら、最初からこれが目的だったんだ！』」

さっきまでの幸福な様子から一転して、感情的な文言だった。

俺とアリアが言葉を失っていると、エフィは更に続きを読み始める。

「『とんでもない化け物が街に入り込んだ！　あの守護兵は亡国の失敗作だ。奴《やつ》を生んだ国を、奴自身が滅ぼした。あまりに強く、そして制御不能。奴ら、あの化け物を捨てるゴミ捨て場を探していやがった！　同盟を申し込んできたのもそれが目的だ！』」

首の後ろにちりちりとした焦燥感が走る。

唐突に失われる幸福と混乱の情景に、心臓が早鐘を打った。

「『あれの名は『偽骨猟犬《ガルム・ハウンド》』。この小さな国に、あれを殺す力はない。だが、我々はただでは死なない。我らとともに空間転移の技術を封印しよう。番人は皮肉にも我らを殺した守護兵がやってくれる。空間転移を求めてこの国の死骸を漁《あさ》りにきた者。そう、この手記を読んでいる君だ。そんな君に私は告げよう——ざまあみろ。君はここで死ぬ』……手記は、ここで終わってる」

エフィがそう締めくくると、部屋の中に重い沈黙が降りた。

俺もアリアも、なんて言っていいのか分からない。

それでも、この情報を元に方針を決めなくてはいけないアリアは、静かに口を開く。

「作戦変更です。全員を集めて——」

「きゃあああああああああああああああああ!?」

その瞬間、指示をかき消すように、甲高い悲鳴が響き渡った。

「なんだ⁉」

俺は『硝子の調教師』で剣を生み出すと、臨戦態勢に入って走り出した。

同じように悲鳴を聞きつけてきた団員たちと合流しながら悲鳴の主を探す。

やがて広場のような空間に辿り着くと、血塗《ちまみ》れになって倒れた女性団員の姿が見えた。

「すぐに治療を！」

アリアの指示で医療班が動き出す――その瞬間だった。

いそれに反応できたのは、『騎士もどき』だけだった。

傷付いた女性団員に注目するアリアのすぐ側《そば》で、硝子《がらす》を叩《たた》きつける音が聞こえてくる。

「え……」

驚き、目を見開くアリア。

その間にも二回、三回、激しい交戦の音がした。

軍刀《サーベル》を握り締めながら周囲を見回す。

すると、視界の隅に真っ白な何かが映った。

弾《はじ》かれたように振り返る。

――犬だ。

骨組みだけでできた犬。

体長は五メイルほどもあるだろうか、それが肉のない顎を開き、『騎士もどき』を食らおうと牙を向けていた。

『騎士もどき』は硝子の盾を構えて牙を防ぎ、巨体の攻撃を受け流す。

「な……なんだ、あの偽神は⁉」

ゴードンが驚愕《きょうがく》の声を上げる。

他の団員たちも概《おおむ》ね同じような反応だった。

事態を分かっているのはあの手記を読んだエフィとアリア、そして今交戦している『騎士もどき』だけ。

「あれが……『偽骨猟犬』！」

間違いない。あの手記に載っていた怪物。

自分を造り出した国を滅ぼし、次いでこの双子遺跡をも滅ぼした偽神。

「と、とにかく『騎士もどき』の援護を！」

アリアも無詠唱で補助魔法を発動させながら、部下たちに指示を出した。

「は、はい！」

アリアの指示に応えて、団員たちは敵に向かって走り出す。

が、それを見た途端、『偽骨猟犬』と戦っていた『騎士もどき』が目を剝《む》いた。

「ばっ……⁉　来るな！　下がらせろアリア！」

その意味をアリアが理解するより早く、状況は変化した。

『騎士もどき』と交戦していた怪物が視界から消える。

次の瞬間、骨組みだけの尻尾が団員に叩きつけられた。

「ごぷっ……⁉」

血を吐き、吹き飛ばされる団員。

更にその近くにいた他の団員も爪で切り裂かれた。

「『大地迸る蛇』！」

ゴードンが敵めがけて魔法を放つ。

しかし、高速を誇る彼の一撃よりもなお速く敵は跳躍し、魔法が届かない空中から反撃してきた。

「ぬぐう……！」

右肩を深く切り裂かれ、盛大に血しぶきを上げるゴードン。

「このっ……『灼火の暴風』！」

エフィを初めとする魔道士たちも応戦するが、やはり魔法攻撃も当たらない。

建物の陰に素早く隠れ、天井を這《は》いずり回り、常にアリアたちの死角を突いた攻撃を仕掛けてくる。

気付けば、敵との遭遇から僅か三十秒足らずで『叡智の雫』の半数が戦闘不能に追い込まれていた。

速すぎる……！

アリアが指示を出すよりも早く戦力が削られていく。

立て直すために新たな指示を出そうにも、その間に戦力が消えていくのだ。

故に各自がバラバラで挑むことになり、能力差で敗北する。

超高速型、対軍特化初見殺しの偽神。

どうすれば、どうすれば全滅を避けられる……!?

混乱の極地に達するアリアを置いて、崩壊した前線を一人で支える『騎士もどき』が叫んだ。

「一旦引くぞ！　医療班はゴードンと魔道士連中を最優先に治療！　無事な奴らは怪我人《けがにん》を急いで運べ！　ここじゃ死角が多すぎてこいつとは戦えねえ！　湖のあった場所まで戦

線を下げる！」

最前線にいながら的確な指示を部隊に出す『騎士もどき』。

「か、彼の言う通りに動いて！」

そんな補足しかできない自分が、やたら惨めだった。

アリアも補助魔法を使いながら、近くで倒れていた魔道士の団員を背負って走り出す。

研究施設が並び立つ街から逃走し、来た道を引き返して通路に入った。

真っ暗な通路は走りづらかったが、それでも集中力が高まっているせいか、誰も転んだりはしなかった。

なんとかここを抜けて視界の開けた湖の場所まで行けば、きっと立て直せる。

一縷《いちる》の望みを抱きながら走っていたアリアは、そこでふと気付いた。

「……この通路、壁自体が光っていたはずじゃ」

そんな呟《つぶや》きを零《こぼ》すのと同時、アリアは通路を出た。

そこに広がっていたのは——荒涼とした岩山の群れ。

十メイルほどの乳白色の岩がそこら中に突き立った、あの化け物を相手にするにはあまりに厳しい場所だった。

「なんで……!?」

どうして来た道を戻っただけなのに、全然違う空間に辿《たど》り着いたのか。ここはいったいどこなのか。

思考が白く染まるアリアの隣で、エフィが何かを察したように呟く。

「空間転移……そうか、もうとっくにこの『空の遺跡』の術中に嵌《は》まってたんだ、あたしたち」

絶望以外の感情が消えた声で告げられた事実に、アリアも状況を理解した。

これが、この『空の遺跡』の特性。

閉じ込めた化け物を外に逃がさないように、破格の技術を狙ってやってきた墓荒らしたちが逃げられないように、無作為に多くの空間を繋《つな》げる迷宮。

順調に道なりの探索をしていると思っていたのは自分たちだけ。

地図なんて役に立たないほど部屋と部屋をぐちゃぐちゃに繋がれて、気付かぬうちに遭難させられていたのだ。

呆然《ぼうぜん》とするアリアの耳に、硝子が砕ける音が響く。

振り返ると、『騎士もどき』が『偽骨猟犬』に吹き飛ばされながらも、作戦通りに敵をこの部屋におびき寄せたところだった。

さすがというか、こんな部屋にいきなり飛ばされたというのに、『騎士もどき』は一瞬眉をひそめただけで動揺を打ち消し、再び敵に立ち向かう。
「『硝子の調教師』！」
再び硝子の剣を召喚し、敵の爪牙《そうが》と切り結ぶ。
あの災害めいた偽神相手に、ほとんど互角にやり合っていた。
——強い。
神の国すら滅ぼす神代《しんだい》の破壊者に、人の身でありながら一歩も退くことのない技量。
いったい、それはどれほどの奇跡なのか。
彼の魔法は、決して優れたものではないのに。
力も速さも敵に圧倒的に劣っているはずなのに。
なのに、彼は負けない。
絶望の象徴としか思えない敵と渡り合い、未来を切り拓《ひら》いている。
しかし、それでも『偽骨猟犬』が人の手に負えない怪物である事実は変わらない。
現に『騎士もどき』の身体《からだ》には戦いが進むにつれ数多《あまた》の傷が刻まれていく。
いけない。自分たちも援護しなくては。
「ゴードン！　怪我《けが》は治りましたか!?」
『騎士もどき』の指示で最優先の治療を受けていた部下を呼ぶ。

肩に包帯を巻いた彼は、それでも止血を済ませたらしく、戦斧《バトルアックス》を握って立ち上がった。

「おう！　もういけるぜ！」

「よろしい！　では『騎士もどき』の代わりに前衛に入ってください！　魔道士部隊！　五人ほどゴードンの援護に回って！　敵を倒そうとはせず、味方の治療までの時間を稼ぐことを心がけてください！」

「承知！」

アリアが改めて補助魔法をかけ直すと、ゴードンは矢のように走り出した。

それと入れ替わるように、『騎士もどき』がアリアの元まで下がる。

「くっそ！　とんでもねえところに飛ばされたな！　さすが『空の遺跡』だよ！　わけ分かんねえ仕組みが山ほどある！」

苦痛のためか顔をしかめる『騎士もどき』。

最前線で戦っていた彼の身体には痛々しい傷がいくつも刻まれ、中には骨が見えるほど肉を抉《えぐ》られた箇所まであった。

「喋《しゃべ》らないでください！　あなたが一番重傷なんですから！　医療班、すぐに治療を！」

アリアが呼ぶと、治癒魔法を使える魔道士が駆け寄ってきて、彼の治療を開始した。

「で、これからどうするつもりだ？　あいつはやべえぞ。このままじゃ全滅する」

『騎士もどき』の問いに、アリアは少し考えてから答えた。

「まず怪我をした団員の治療を最優先します。奇襲で半壊はしたものの、立て直せればさっきのような一方的な展開にはならないはずです。素早いですが近接の物理攻撃しかないようですし、あなたとゴードンを上手《うま》く壁に使って遠距離からの魔法で削ります」

逃げることも考えたが、『偽骨猟犬』に襲われる危険を背負いながらどこに繋がっているとも分からない迷路を探索なんて現実的じゃない。

下手したら、進む先でこっちにもっと不利な場所に出る可能性もあるし、ここで倒してしまうのが最善手だろう。

「妥当だな。あれと鬼ごっこすんのは得策じゃねえ。ここで倒しきるぞ」

「ええ。それと……あの、さっきは助かりました。本当はああいう時ほど私がしっかりしなくてはいけないのに」

先程の無様な立ち回りを思い出し、羞恥に胸を締め付けられる。

しかし、彼は微笑を浮かべると、軽く肩を竦《すく》めてみせた。

「気にするな。こういう時のために俺がいるんだ。落とし穴の時も言っただろ？」

「……はい」

その笑みに、アリアも平常心を取り戻す。

そうだ。未熟を恥じる暇があったら、今できることを全力でしよう。

彼はすぐにアリアから離れると、敵に向き直った。

「よっしゃ、もう一回行ってくる！　ゴードンの補助魔法切らすなよ！」

「了解です！　お気を付けて！」

また敵に向かって駆けていく『騎士もどき』に補助魔法をかけてから見送り、アリアも自分の仕事を始めた。

アリアの役割は前衛の補助をしながら、彼らが突破された時に後衛の魔道士を守る中衛の指揮官である。

現状、『偽骨猟犬』に対抗できる前衛は『騎士もどき』と、補助魔法と後衛の援護込みのゴードンだけ。いくらなんでもこれでは心許《こころもと》ない。

「魔道士部隊！　あの化け物の足を狙ってください！」

あの厄介な素早さがなくなれば、他の前衛でも多少は相手にできるだろう。

魔道士部隊に足を狙わせながら、アリアは自分の持つ軍刀《サーベル》に魔力を籠《こ》めていく。

「《その身は終わることなく傷付く。その血は止まることなく流れる。我が呪いは刃《やいば》となり、その切っ先で敵を穿《うが》つ》――『不癒の剣《デミノートム・グラディオ》』」

アリアが詠唱を終えると同時、魔道士たちが一斉射撃を開始した。

が、撥条《ばね》のように素早く跳躍する偽神には当たらず、周囲の岩山だけが破壊される。

――ここ！

間合いを計ったアリアは、全力で疾走する。

狙うは着地の瞬間。回避も反撃も不可能の絶対的な隙。

『偽骨猟犬』の窪《くぼ》んだ眼窩《がんか》と目が合う。

その瞬間、敵の前足目がけて剣を叩《たた》きつけた。

「オオオオオオオオオオウウウアアアアアア！」

咆哮《ほうこう》とも悲鳴とも付かない叫びを上げる偽神。

一撃に全力を注いだせいで動けないアリアは、一瞬だけ竦《すく》んでしまった。

致命的な一瞬の硬直。

それを見逃さない犬の怪物は、槍《やり》のような尻尾の先端を、アリアに向けて放ってきた。

「しまっ――！」

逃げられない、死んだ……！

「させるかよ！」

「よくやったアリア！」

覚悟を決めた次の瞬間、巨大な戦斧と硝子《がらす》の剣が尻尾を弾《はじ》き飛ばした。

ほっとしたのも束《つか》の間《ま》、すぐに指揮官としての理性を取り戻す。

「斬りつけた箇所の強度が下がる呪いを掛けました！　左の前足は破壊可能です！」

アリアの報告に、『騎士もどき』は獰猛《どうもう》な笑みを浮かべる。

「でかした！　行くぞ、ゴードン！」

「癪《しゃく》だが援護してやる！　お前が斬れ！」

アリアが離れると、二人は再び最強の偽神に対峙《たいじ》する。

弱点を一つ作ったことが効果的に働いたようで、二人は力と技の連携で敵を翻弄すると、ついに左の前足にヒビを入れることに成功した。

あれでは、今まで通りの動きはできまい。

「今です！　他の前衛も二人を援護してください！」

たった二人に支えられていた前線に、ようやく人員を投入できる。

その効果は劇的で、彼らの働きのおかげで後衛の魔法もどんどん当たるようになった。

一時はどうなるかと思ったものの、これなら討伐も見えてくる。

そう――希望を抱いた瞬間だった。

「オオオオオオオオオオオオオオオオオオオオオオオオオ！」

今度は悲鳴ではない、威嚇の咆哮。

それが上がるのと同時、敵の身体が真っ黒に変色した。

「なんかやべえぞ！　全員一旦離れろ！」

『騎士もどき』の指示を受け、前衛たちが得体の知れない変化を起こした敵から距離を取る。

途端に、『偽骨猟犬』がその大きな顎を開いた。

かと思うと、秒にも満たないほどの速度で、そこに膨大な魔力が溜《た》まる。

ぞっとするほどの魔力密度と殺意。

「全員防――」

指示は間に合わない。

それより速く、魔力砲撃がアリアたちを襲った。

剣を構えて防ごうとするが、そんなものは気休めにもならない。

恐ろしい爆発と轟音《ごうおん》に揺さぶられ、全身に衝撃が走った。

世界がぐるぐると回り、視界は圧倒的な赤さに包まれて機能を失う。

ああ、だけどそれだけならまだ幸せだった。

一瞬遅れて、とんでもない激痛が全身を襲う。

「う……っぐぅ！」

斬撃と爆撃を同時に何発も浴びたような激痛。痛すぎてどこがどう痛いのかも次第に分からなくなってくる。

いっそ理性と意識を手放し、死ぬまで大声で叫び続けたいほどの苦痛。

ただ、指揮官としての使命感が、意識を手放すなとアリアに訴えていた。

「アリア……！」

聞き慣れた誰かの声とともに、何か瓶のように硬いものが唇に押し当てられた。

そこから液体が口の中に入ろうとするが、それすらも痛くて吐き出す。

「おい、回復薬《ポーション》だ！　ちゃんと飲め！」

何か言っているが、意味を理解できない。音すらも痛くて、今すぐ喋るのをやめてほしいくらいだった。

その時、不意に柔らかいものがアリアの唇に押し当てられた。

柔らかい、痛くない感触。

それに気を許したアリアは、ようやく抵抗をやめた。

唇に触れた柔らかいものから、液体が溢《あふ》れてきてアリアの口内を満たす。

それを一口飲み込むと、少しだが痛みが引いた。

徐々に傷が癒えていき、視界もだんだん戻ってくる。

すると、目の前に『騎士もどき』の顔があることに気付いた。

「…………………っ⁉」

驚き、硬直するアリア。

そこでようやく、自分の唇を塞いでいる柔らかいものが彼の唇であることに気付いた。

彼の舌はアリアの唇をこじ開けて口内に侵入し、口移しで回復薬を飲ませてくる。

「んっ……んん⁉」

咄嗟《とっさ》に逃れようとするが、まだアリアが激痛に意識を支配されていると思っているのか、
彼はアリアの頭を力強く腕で固定し、回復薬が零《こぼ》れないようにしてくる。

「んんっ……んぅ……」

こうなれば抗《あらが》う術《すべ》はない。

若干の羞恥を覚えながらも、アリアは口内に注がれた回復薬を飲み干した。

そこでようやく、『騎士もどき』はアリアの頭を押さえる力を抜いてくれる。

二人の唇が離れる瞬間、銀の糸が引くのが見えて、それがもっと恥ずかしかった。

「意識は戻ったか？」

「は、はい」

『騎士もどき』の顔を見られず、俯《うつむ》いて答えるアリア。

しかし、すぐに脳が状況を思い出し、はっとして顔を上げた。

「敵は……!?」

さっきの痛みが蘇《よみがえ》り、背筋を震わせながら前方に目を向ける。

そこには、黒く染まった『偽骨猟犬』の巨体を硝子の茨《いばら》が拘束している光景があった。

「撃つまでは異常に速かったが、撃ち終わりの硬直がデカかったからな。遠慮なく拘束させてもらった。これでしばらくは動けねえ」

砲台となる顎も茨でぐるぐる巻きにされており、さっきの魔法攻撃も封じられていた。

「じゃあ、今のうちにトドメを刺しましょう！　全員構え……て……」

軍刀を握って仲間を振り返ったアリアは、思わず絶句してしまう。

背後に広がっていたのは、どうしようもなく絶望的な血の海だった。

大半の団員は意識すらなく地面に倒れ伏せ、かろうじて動ける団員たちも必死に仲間の治療を行っている。とても戦える余力は残っていなかった。

「……引き際だ、アリア」

無念そうに、『騎士もどき』は呟《つぶや》いた。

「魔法攻撃に耐性のある魔道士連中はまだギリギリ動けるが、前衛連中は完全に潰れた。もうこれ以上前線を維持できない。この戦いは俺たちの負けだ。逃げろ」

彼が話す間にも、偽神を拘束する硝子の茨がミシミシと音を立て始めた。

恐らく、もう長くは保《も》たないだろう。

その僅かな時間であれを倒しきるだけの火力は、今のアリアたちにはない。

彼の言う通り逃げなければならない――が、それすらも現在の戦力では不可能だ。

「に、逃げられるわけないじゃないですか！　万全の状態ですら逃げ切れないから迎撃したのに、この怪我人《けがにん》を抱えて逃走劇？　不可能です！　どうあってもあれは今のうちに倒しきらなければ――！」

アリアは軍刀を構え、また『不癒の剣』を使おうとする。

だが、ほとんど感覚がない手は言うことを聞かず、軍刀は音を立てて地面に落ちた。

剣を持つ握力すら、残っていない。

「分かっただろう。逃げるしかないんだ、アリア」

愕然《がくぜん》とするアリアに、『騎士もどき』が現実を突きつけてきた。

自分たちはこれから、生存率がほとんどない地獄のような逃走劇を、怪我人を抱えたまま繰り広げなくてはならない。

そのあまりの過酷さに目眩《めまい》を覚えるアリアに、しかし『騎士もどき』は笑顔を見せた。

「心配するな。あいつは俺がここで食い止める。ただの空間転移迷路だけなら、エフィがいればなんとか抜けられるだろう」

一瞬、言われた内容が理解できなかった。

ここであの化け物を食い止める？　たった一人で？

「……死ぬつもりですか、あなた」

「ああ」

震える声でぶつけた問いに、何の憂いもない平常心そのものの表情で回答を返された。

アリアや他の団員のことを庇《かば》ったのだろう。彼の身体《からだ》は既にボロボロで、恐らくいくつか骨も折れている。

万全ならまだしも、この状態で生き残る勝算などあるはずもないというのに。

「言っただろう？　俺はこういう時のためにいるんだと。相手が誰だろうと、俺は俺の仕事をするだけだ」

自分が死ぬ前提の作戦を、淡々と話す『騎士もどき』。

理解できなかった。

命を捨てることがじゃない。

命を捨てることに、何の苦悩も見せないことが。

今、彼はまるで日常会話のように、自分の死を前提とした作戦を語っている……！

「きょ、許可できません！　全員で生きて帰るって言ったじゃないですか！　全員生きて帰すって約束してくれたじゃないですか！」

「ああ。だから『叡智の雫』は全員無事に帰してやるよ。まだみんな息がある。地上部隊と合流すれば、救えるだろう」

会話が噛《か》み合わない。

彼の行動はこんなにも献身的なのに、何故《なぜ》かアリアは突き放されているように感じた。

そのもどかしさを言葉にして糾弾できない彼女に、『騎士もどき』は更なる言葉を重ねてくる。

「勘違いするなよ、アリア。俺たちは別に仲間でもなんでもない。俺は金で命を売った馬鹿で、お前はそれを買った組織の指揮官。俺たちの関係なんてそんなものでしかない。なに、気にするな。俺は死ぬのも仕事のうちだ」

無意識に抱いていた親しみが、薄ら寒いものに変わっていく。

親愛もなく、名誉も栄光もなく——ただ自分の命を金に変える異常者。

アリアが従えていた存在はそんなものだと、彼は無感情に語った。

「言ってしまえば俺は装備品みたいなもんさ。装備品が一つ壊れるだけで、多くの仲間の命を救える。指揮官として選ぶべき道は何か、お前なら分かるはずだ」

分かる。理性では分かってしまっている。

自分は『叡智の雫』の副団長で、自分の決断には多くの仲間の命が懸かっている。

そこに、部外者である彼のために捨てていい命は一つだってない。

「でも……でも！」

気付けば視界が滲《にじ》んでいた。

今胸に突き刺さっている痛みに比べれば、さっきの痛みなんて温《ぬる》いとすら感じた。

「アリア！　もうみんな保たないよ！　早く地上に戻って治療を受けないと全員死んじゃう！　どうすればいい!?」

背後から、エフィの悲痛な叫びが叩《たた》きつけられる。

人間らしい葛藤も、良心も、今のアリアには許されない。

ただ仲間の命を守るための合理的な判断だけが、自分に認められた行動だった。

「……撤退します。動ける者は重傷者を抱えてください。迷宮を突破し、地上部隊との合流を目指します。ただし『騎士もどき』、あなたは死ぬまで敵の足止めをするように」

さっき彼と触れ合った唇で、彼に死を命じた。

「ああ、分かった。じゃあ元気でな、アリア。化けて出るような真似《まね》はしないから安心してくれ。俺はお前の決断に敬意を表すよ」

彼は踵《きびす》を返すと、たった一人、『偽骨猟犬』に向かって歩き出した。

硝子《がらす》の茨のヒビは決壊寸前まで広がり、もはや一刻の猶予もないことが分かる。

「……私も、あなたに敬意を表します。さらばです、偉大なる傭兵《ようへい》」

聞こえるか分からない声で彼の背中に別れの言葉を残し、アリアはふらつく足で逃走を開始した。


その後のことはあまり覚えていない。

何度か見覚えのない部屋に転移し、仲間に応急処置を繰り返しながらも、なんとか地上へ戻ったと思う。

飛行船に乗り込み、離陸するなりアリアも患者として治療を受けることになったのだが、その時に地上部隊の医療班に聞いた話では、全員一命を取り留めたらしい。

『叡智の雫』B班は、団員を一人も死なせずに双子遺跡『弟』の機構《ギミック》を解明し、防衛装置を止め、空間転移技術を手に入れる直前まで辿《たど》り着いた。

先遣隊の仕事としては、これ以上ないほどの大成功である。

しかし——アリアの耳には、今も続いているだろう孤独な剣戟《けんげき》の音が、鋼船都市に帰るまでずっと響き続けていた。

三章　アインハルト・ウィラー

Funky soldier conquering the ruins of the Sky

《希望の道を征《い》く者よ、汝《なんじ》が愚者なら摑《つか》むがいい。我は破滅の門を開く指先。汝、骸《むくろ》の山の主《あるじ》とならん》

一つだけ、アリアは彼に隠し事をしていた。

指揮官として、アリアは高度な剣と魔法の技術とともに、神代《しんだい》文字に関する教育も受けている。

だから、本当はあの鏡に映った彼の二つ目の魔法について、アリアは少しだけ知ってしまっていた。

恐ろしい詠唱を持つ二つ目の魔法。

意味は分からない。

効果も分からない。

だが、魔法とその詠唱は必ず本人の持つ『何か』の性質を形にしたもの。

だから、あの恐ろしい魔法も、彼の内側にあるものを示しているのだろう。

絶望。そう——きっと絶望だ。

行動そのものは献身的であるくせに、あまりにも他者を受け入れない在り方。

協調性があるのに自己中心的で、自己中心的であるのに協調性に優れる。

あの異常性の根幹となる絶望が、きっと二つ目の魔法には隠れているのだろう。


——ふと、泣きたくなるような衝動で目が覚めた。

撥条《ばね》仕掛けのように飛び上がると、全身に痛みが走る。

「いったぁ……」

思わず顔をしかめ、しばし悶絶《もんぜつ》した。

身体を丸め、痛みが引くのを待つこと数十秒。

ゆっくりと深呼吸を繰り返しながら背筋を伸ばしたアリアは、目の前の景色に視線を向けた。

いくつかの剣と武具。遊びのない実用書が並ぶ本棚。

あまりにも簡素で、とても十代の女子のものには見えないが、これでも慣れ親しんだアリアの自室である。

「……本当に帰ってきたんだ」

死を覚悟した昨日の『空の遺跡《ロストガーデン》』攻略から一夜明けたものの、アリアはいまだに自身の生還をどこか信じられない気分だった。

あれはそれほどの激戦。アリアの経歴《キャリア》の中で、最も危機的な状況だったかもしれない。

痛みが出ないよう慎重にベッドから立ち上がり、洗面所に向かう。

顔を洗い、鏡を見ると、疲労に濁った赤い目がこちらを見つめ返していた。

「……酷《ひど》い顔。まるで人殺しみたい」

冗談のように言ってから、それが冗談にならないことに気付いた。

そうだ、自分は一人の人間を殺した。自分の指示で殺した。

アリアとて数多《あまた》の戦いを生き抜いてきた騎士である。仲間が死ぬところは何度となく見てきたし、自分の失敗から助からなかった命だってある。

だけど——自分の意思で誰かを殺したのは、あれが初めてだった。

「うっ……」

思わず、吐き気がこみ上げてくる。

幸いにも寝起きで胃袋に何も入っていないため、胃液以外のものをぶちまけることもなかったが、食道が焼けるような感触が不快だった。

アリアは口をゆすいでから何度も深呼吸を繰り返す。

あの決断は最善だった。

だから、あれを悔やんだり否定したりすることは許されない。

それは、アリアの決断を良しとして命を捨てた彼に対する侮辱になるから。

「……大丈夫。落ち着こう」

何度も深呼吸を繰り返し、ゆっくりと心の奥に動揺を封じ込める。

普段よりも重い動作で朝の支度を整えていると、コンコンと自室の扉をノックする音が聞こえてきた。

今この精神状態で他人と会いたくはないが、副団長という立場がある以上、無視もできない。

「どちらさまでしょう……」

ぼんやりとしたまま扉を開けると、廊下にはエフィが立っていた。

「おはよ、アリア。元気……じゃなさそうね」

アリアの顔を見るなり苦笑してみせる彼女は、表面上いつも通りに見えた。

「……そりゃ、あちこち痛いですから。それで、こんな朝早くから何の用で？」

平静を保つエフィの態度が少し冷たく感じてしまったアリアは、どこかぶっきらぼうな返しをしてしまった。

「昨日帰ってきた団員たちに異常がないか確認をね。入院しなかった子でも、家に戻ってきてから具合が悪くなることはあるから」

「あ……」

それは本来、アリアがするべき仕事である。

いつもなら自分で見て回るか、怪我《けが》で動けない時は部下に指示を出すのだが、昨日は心身共に疲れすぎていて、うっかり忘れていた。

「す、すみません。本来は私の役目なのに……」

「いいって。アリアが一番大変だったんだから」

労《いたわ》るようなエフィの言葉に、罪悪感が湧いてくる。

冷たいどころか、アリアを気遣って仕事を替わってくれたエフィに比べて、八つ当たりに近い反感を覚えていた自分のなんと幼稚なことか。

「……もう大丈夫です。私が引き継ぎますから、エフィさんは休んでください」

ぐっと背筋を伸ばし、表情を取り繕うアリア。

しかし、そんな強がりに何を思ったのか、エフィは小さく微笑《ほほえ》むと、唐突にアリアを抱き締めてきた。

ふわりと漂う花のような香りと、アリアより高い体温。

「エフィさん……？」

同僚の行動にきょとんとするアリア。

「あの時ね、誰かが犠牲にならなきゃいけないって思ったのは、あたしも同じだったよ」

「…………っ」

エフィの腕の中で、アリアは反射的に身体《からだ》を硬くする。

すると、それを落ち着かせるように、エフィはゆっくりとアリアの背中を撫《な》でた。

「あたしたちだけじゃない。きっと他のみんなも思ってた。けど――そんなこと、とても口にできるだけの勇気がなかった。仲間の命が懸かってるのに、決断すらできなかった」

エフィの言葉はアリアを慮《おもんぱか》るものでありながら、どこか懺悔《ざんげ》めいていた。

「だから、ごめん。アリアには一番辛《つら》いところ背負わせちゃったね。あたしたちが今生きてるのはアリアとハルトのおかげ。それだけは覚えておいて」

思わず、アリアは泣きそうになった。

このまま痩せ我慢をやめて、エフィに縋《すが》り付きながら思いっきり泣きわめきたい。

だけど、それは許されない。

そんな弱さを見せる自分を、アリア自身が許さない。

だって、アリアよりもずっと辛い、誰よりも過酷な役割を背負った彼が、涙一つ見せずに死地へ向かったのだから。

生き残った自分が、どうして泣けようか。

「大丈夫です。私は副団長ですから」

だからアリアは、心の底から目一杯の強がりを総動員して、エフィに笑ってみせた。

当然、そんな未熟な仮面、エフィには見破れないはずもない。

だけど、彼女はアリアの強がりを尊重してくれる気になったのか、静かに頷《うなず》いた。

「そっか。それならいいけど」

そうして、エフィはアリアの身体をそっと放した。

「とりあえず団員たちの確認はあたしが最後までやるから、アリアは団長への報告をお願いしていい？」

「分かりました。助かります」

「……ん。頑張って」

頷くアリアを見て、エフィは静かに立ち去っていった。

一つ、深呼吸をする。

――誰が死んでも、太陽は変わらずに昇り、日々は滞りなく進む。

騎士ならば誰でも知っている事実。

それをもう一度噛《か》みしめてから、アリアは自室を出た。


本拠地の朝はいつもしんとしているが、今日は特に音がない。

昨日の損傷《ダメージ》が癒えていない団員が多いためだろう。

アリアも治癒魔法と回復薬《ポーション》で一通りの治療はしたものの、まだ全快ではない。

団長室前まで着くと、コンコンとノックして入室する。

「失礼します。昨日の報告に」

「おう、ご苦労」

探索を終えた翌日だというのに、まるで疲労を感じさせない団長は、大きな手に似合わないペンを持ち、事務仕事に励んでいた。

きっと彼ならば、アリアと同じ状況に置かれても違った選択をできたのだろう。

「満身創痍《まんしんそうい》だったのにすまないな。報告書を用意する時間もないし、口頭で構わないから簡単な報告を頼む」

「はい、分かりました」

そうしてアリアは、双子遺跡『弟』で起きたことを順に説明していく。

行く道は順調で、防衛装置の停止も難なく済ませたこと。

地下迷宮の存在。空間転移技術。

そして──『偽骨猟犬《ガルム・ハウンド》』という偽神《デミゴッド》のこと。

激戦の様子を語る段階に入ると、どうしようもないほど心拍数が上がる。

声は震え、息も荒くなった。

しかし、団長は表情一つ変えることなく報告に耳を傾ける。

「……そうして私たちは『偽骨猟犬』の打倒に失敗。『騎士もどき《ネームレス》』の…………犠牲と引き替えに、地下迷宮を脱出しました」

「そうか、よくやった。『兄』も意外と手強《てごわ》くて探索は中断したからな。完全攻略はまた次回に持ち越しだ。とにかく、そこまで厄介な偽神と戦っておきながら、誰一人欠けずに戻ってきたことは評価しよう」

団長の台詞《せりふ》に、アリアは心の温度が氷点下まで下がるのを感じた。

誰一人……欠けずに？

敵に向かう孤独な背中が蘇《よみがえ》る。

あの出来事を無視するなんて、アリアにはとても許容できない。

「誰一人欠けずにではありません。『騎士もどき』の犠牲と引き替えにです」

抗議の意味も籠《こ》めて強く訂正するが、団長はまるで表情を動かさなかった。

「確かにアインハルトのことは残念だった。けど、元々あいつはこういう時のために雇った人材。団員に犠牲が出なかったのなら文句はない」

その、あまりにも認めがたい態度に、アリアは一瞬で血液が沸騰しかける。

「……どういう意味ですか」

低く、重い声で詰問する。

恫喝《どうかつ》にも近いアリアの態度に、しかし団長は眉一つ動かさなかった。

「どうもこうも、そのままの意味だ。なあアリア、あれだけ奔放な男がどうして多くの騎士団から信用を勝ち取れているのか分かるか？」

「それは……」

今のアリアなら分かる。

あの最後まで逃げない在り方と、時間稼ぎを確実に行うだけの能力の高さ。

彼が一人いれば、部隊の生存率は格段に跳ね上がる。

今、こうしてアリアたちが生還しているように。

「そういうことさ。奴《やつ》は最高の仕事をした。自分を犠牲にしながら、誰一人死なせることなく団員を帰還させたんだから。こちらの期待通りにな」

瞬間、ぞっと背筋が粟立《あわだ》った。

「……分かっていたんですか？」

ほとんど殺意に近い感情を零《こぼ》しながら、アリアは言葉を叩《たた》きつける。

「あの攻略で『騎士もどき』が捨て駒になること、分かっていて攻略を始めたんですか⁉」

問いかけたものの、アリアの中では半ば確信となっていた。

恐らく団長は、『騎士もどき』がこうして捨て駒になる可能性を理解していて――それを良しとしたのだ。

「まさか。俺はそこまで未来が見えるわけじゃないし、できればアインハルトにも生きて帰ってきてほしかった。けど――正直に言えば、あいつが死ぬことを計算に入れていなかったと言ったら嘘《うそ》になる」

その冷たい言葉を、団長は淡々と口にした。

途端に、首にかけた銀の剣が重さを増したように感じる。

「アリア、お前には才能がある。指揮官としての適性も。ただ、まだ若くて甘い。指揮官たる者、時には助からない味方を切り捨てなくてはいけない時が来る」

多くの『空の遺跡』を駆け抜け、アリアには想像も付かない世界を見てきた男の言葉。

騎士が抱えなければならない、厳然たる事実。

「今回の『空の遺跡』の難易度とアリアの実力を考えた時、きっとその選択を迫られると思った。けど——今のお前では、大事な仲間を切り捨てることができないかもしれない。なら、その時に備えて切り捨てやすい保険を用意する必要があった」

「だから、『騎士もどき』を……」

なんということだ。

彼は、初めから捨て駒として雇われていたなんて。

ふと、耳の奥に蘇るやりとりがあった。

『だからこそ、お前を呼んだんだ。『騎士もどき』、俺はお前を買っている。この遺跡探索を機に、半人前のうちの副団長を一人前に育て上げてくれ』

ああ——あの時、団長が言っていたのは、こういう意味だったのか。

騎士が強くなるためには、生き残らなければならない。

生き残るためには、現時点の実力で対処できない敵と当たってはいけない。

では、もしも絶望的な強敵に当たってしまった時はどうすればいい？

簡単だ、身代わりを用意すればいい。

自分の代わりに死んでくれる誰かを。

それが——『騎士もどき』。

その結果、甘く未熟な指揮官だったアリアは、重要な局面で誰かを切り捨てるという非情な判断を行い、また一つ成長した。

彼の言っていたとおりに。

それは正しい選択だったのだろう。

団長なりに、アリアや他の仲間のことを案じてくれていたのも分かる。

けど、それだけでは割り切れない衝動が胸に溢《あふ》れるのも、否定できなかった。

「団長。あなたという人は……！」

上司でなければ、この場で剣を抜いていたかもしれない。

それほどの激情がアリアの中で渦巻いている。

「そう睨《にら》むな。何も俺はハルトを騙《だま》して死に追い込んだわけじゃない。全て合意の上だったんだぞ」

団長は、アリアを宥《なだ》めるようにそんな言葉をかけてくる。

「それは、いったい……どういう……」

その真意を問《と》い質《ただ》す途中で、彼女も気付いてしまった。

普段は行わない報酬の全額前払い。

先を考えない彼自身の刹那的な生き方。

そして、全く割に合わない危険を背負う、今までの仕事の経歴。

頭の中で絡んでいた糸が解《ほど》けていくような感覚。

「うそ……まさか、『騎士もどき』は」

あの窮地の判断で仕方なく自分を犠牲にしたのではなく、最初からそのつもりでいたというのか。

「そのまさかだ。あの男はイカレてはいるが馬鹿じゃない。きちんと全てを理解した上で、ここで死ぬことを良しとしたんだ」

「どうして……そんな」

団長の行動はまだ理解できる。

非道ではあるが、それでも『叡智の雫《ウイズダム・ドロップ》』の未来を考えての行動だ。

しかし、『騎士もどき』は違う。

アリアたちのことを仲間ともなんとも思っていないと言った彼が、『叡智の雫』のために死ぬ理由が分からなかった。

あんな革袋一杯程度の金貨で己の命を捨てるなんて、とても理解できない。

「理由は本人にしか分からん。が、恐らくは奴が傭兵《ようへい》になった事件がきっかけだろう」

「きっかけ、ですか」

「ああ。今でこそ『騎士もどき』なんて名前で呼ばれているが、昔のあの男は正真正銘の騎士だったのさ」

意外な言葉に、目を見開いた。

アリアは以前、『騎士もどき』の経歴を洗ったことがあったが、それは彼が傭兵になった後のもの。

傭兵になる以前のことは、初耳だった。

「意外だろう？　奴のいた騎士団は有名だったんだぜ。悪名だったけどな」

吐き捨てるように言う団長。

彼ですら嫌悪する何かが、その騎士団にあったというのだろうか。

「アリア。お前が『空の遺跡』に初めて潜ったのはいつだった？」

不意の問いかけに目を丸くしながらも、記憶を探る。

「確か四年前……十二歳だったと思いますけど」

通常であれば十五歳で騎士となるのが一般的だが、アリアは才能が認められたため、人より早く活動を開始したのだ。

「そうだったな。あの時はまだ早いんじゃないかって声も多かった。反対派を納得させるのに苦労したもんだよ、懐かしい」

「あの、それが何か？」

話の本筋からずれた回想に、アリアは焦《じ》れて口を挟む。

団長は慌てる気配も見せず、静かに答えた。

「ハルトが騎士になったのは、八歳の時だ」

「八……え？」

一瞬、言われている意味が理解できずに呆然《ぼうぜん》としてしまう。

八歳だなんて、騎士として活動するどころか魔法を覚えているかどうかという年齢だ。

武器だってまともに持てやしない。

にもかかわらず、騎士になった？　信じられない。

「彼には、それほどの才能があったということですか？」

「まあ、こうして大成しているところからすると、常人以上の素質はあったんだろうな。

ただ、あの魔法を見るに、お前と違ってあくまで常識の範囲内の才能だ」

「じゃあ、なんで」

話を理解できないアリアに向けて、団長は心底不快そうに告げる。

「そういう騎士団だったんだよ。育成も安全性もろくに考えない。十人を『空の遺跡』に送って、一人生きて帰れば成功と考える、アホみたいなやり方さ」

「そんなの……成立するわけないじゃないですか。破綻してますよ」

「その通りだ。だから大きな成果を残せないその鋼船都市は常に貧困だった。貧困だから人を育てる余裕がなく、未熟な騎士を『空の遺跡』に送り込んでは死なせる悪循環さ」

リーザルトで育ったアリアには、想像できないほど劣悪な環境だ。

「そんな環境で、ハルトはよく生き残ったもんだよ。だが、あいつが十四歳の時、とうとうその事件は起きた」

ごくりと、アリアは唾を飲む。

「その頃には鋼船都市の経営は限界に来ていてな、一発逆転を狙って、身の丈に合わない冒険をしようとした。F等級《ランク》の騎士団のくせに、B等級の『空の遺跡』を攻略しようとしたんだ」

「無謀な……」

思わず絶句する。

B等級といえば、アリアたちが昨日敗走した双子遺跡と同等の難易度だ。

戦力を二つに分けたとはいえ、A等級のアリアたちですらこれほどの痛手を受けた『空の遺跡』相手に、最下級のF等級騎士団が挑むなんて、正気の沙汰じゃない。

「そう、無謀だ。九十九パーセント失敗する。けどな、どうもそいつら運だけはあったようで、残りの一パーセントを摑《つか》み取ったんだよ。無論、多大な犠牲を払って、な」

悼むように、団長は目を閉じた。

「秘められた技術と財宝を手に入れ、『空の遺跡』を攻略した時、八十人いた攻略部隊は五人にまで減っていた。その五人のうちにはハルトもいたが、残念ながらその時点で致命傷を受けていたらしい」

八十人がたった五人に……それはどんな修羅場だ。

昨日の窮地など、それに比べたらあまりにも温《ぬる》い。

「財宝は手に入れたものの、防衛装置は止まっていない。危険の中、怪我人《けがにん》を連れて帰る余裕もなく、仲間たちはハルトを見捨てて帰ることにした。死者に預ける装備はないとばかりに、剣も鎧《よろい》も全て剝《は》ぎ取ってからな」

「そんな……酷《ひど》い！」

言ってから、どの口がそんなことをと恥じる気持ちが湧いた。

……自分も同じことをしたくせに。

唇を嚙《か》みしめて俯《うつむ》くアリアを見ても追及してくることもなく、団長は話を続ける。

「けど、ハルトは生き残った。死んだ仲間の荷物にほんの一滴だけ回復薬《ポーション》が残っていたんだ。それを啜《すす》って延命し……あいつは三週間、その『空の遺跡』で生き残った」

なんという生命力。

武器も防具もなく、死にかけの身体《からだ》を引きずって偽神たちの蔓延《はびこ》る『空の遺跡』に三週間なんて、いったいどれほどの地獄なのか。

「あいつは三週間かけて『空の遺跡』の最深部から地上に戻り、たまたま近くを通りかかった別の騎士団に拾われて一命を取り留めた。『少年騎士の地獄遡行』って言ってな、当時は少しだけ話題になったもんだよ。まあ、胸くそ悪いから誰も語らなくなったが」

……全く知らなかった。

アリアが騎士として希望の一歩を踏み出したのと同時期に、彼がそんな地獄を見ていたなんて。

「それからどうなったかはとんと聞かなかったが、しばらくしてから『騎士もどき』という傭兵が誕生したことを風の噂《うわさ》で知った」

語り終えた団長は深々と溜《た》め息《いき》を吐《つ》き、ここではないどこかに、憐《あわ》れむような視線を向ける。

「多分、あいつはその地獄から帰ってこられなかったんだろう。身体ではなく、心が。傭兵になってからもずっと、暗い迷宮を彷徨《さまよ》い続けていたのかもしれねえ」

「…………………」

沈黙。

全てを聞いても、アリアは全く『騎士もどき』のことを理解できなかった。

本当のところを知っているのは、どうしたって本人だけなのだから。

もう、それを知ることはできないけど。

「……仇《かたき》を討ってこい」

俯き、ただ呆然としていたアリアに、団長がそんな命令を寄越《よこ》した。

「A班の団員はまだ元気だ。貸してやるから、今からもう一度双子遺跡『弟』に向かって、奴《やつ》の仇を討ってこい。今なら敵も傷が癒えていないだろうし、『兄』からの応援も来ないはずだ。戦力を限界まで削ってやったからな」

「団長……」

目を見開くアリアに、団長は自虐的な失笑を零《こぼ》した。

「別に善人ぶるつもりはねえが、それでも偉大な仕事をした男に対して払わなければならない敬意がある。仇を討ち、ハルトの遺体を回収して弔おう」

今、この胸に上がってくる感情はなんという名前だろう？

喜び？　憎しみ？　罪悪感？　後ろめたさ？

そのどれもに似て、どれにも当てはまらない熱い感情。

ただ、自己満足に過ぎないとしても、彼のためにまだできることが一つ見つかったというのが嬉《うれ》しかった。

「承知しました。必ず私の責任の下、『騎士もどき』の遺体を回収します」


それから数時間後。A班を借り受け、アリアは飛行船に乗って双子遺跡『弟』へと向かった。

再び地獄に向かう恐怖と緊張、そして逸《はや》る気持ちが抑えきれず、アリアは離陸直後にすぐ甲板へと出る。

強い風で頭を冷やしたい気分だった。

扉を開けて表に出ると、そこには意外な先客の姿を見つける。

「……ゴードン」

名前を呼ぶと、年上の部下は一瞬だけこっちに振り向き、また前を向いた。

なんとなく、その隣に並ぶ。

「意外ですね。あなたが彼の仇討ちに付いてくるなんて」

昨日の戦いで前衛は特に大きな被害を被った。

彼も極めて重傷だったはずだが、それでもこうして付いてくることにしたらしい。

初日に殺し合いのような喧嘩《けんか》をしていたのが嘘《うそ》のようだ。

「別にあいつに懐いたわけじゃねえよ。ただ、俺の実力不足を補うためにあいつが死んだっていうのは……なんつーか屈辱的な気分だ。俺はあいつに庇護《ひご》される立場じゃねえ」

言葉は刺々《とげとげ》しいが、口調はどこか複雑そうだった。彼なりに寂しさを感じているのかもしれない。

「ここで何もしなかったら、俺の自尊心に傷が付く。二度もあいつに傷つけられるなんて、死んでもごめんだ」

なんとなくゴードンの気持ちが分かる。

彼は『騎士もどき』と対等でありたいのだろう。アリアの中にも、同じ気持ちがある。

「彼は、なんで傭兵《ようへい》になったんでしょうね」

ぽつりと、解けない疑問を部下に零した。

それに対して、ゴードンは肩を竦《すく》める。

「さあな。傭兵をやる奴ってのは大抵訳ありだ。騎士になれなかったのか、ならなかったのか……どっちかは知らないが、その王道を踏み外しておきながら遺跡に潜り、命を懸けるなんて、多かれ少なかれ普通じゃない」

「……ええ」

「ただ、傭兵って奴には一つ必ず共通点がある。生への執着が強いことだ。もう駄目だと思ったら、雇い主なんて一目散に捨てて逃げる奴も多いくらいさ。まあ当然だがな、自分の生活のために遺跡に潜ってるんだから。なのに、あいつは――」

そこでゴードンは言葉を濁した。

「……いや、死んだ人間について考えてもしょうがねえか。結局、本当のとこは本人にしか分からねえんだから」

やがて、彼は思考を振り払うように頭を振って話題を切る。

「……そうですね。どうあれ、あなたが付いてきてくれるのは心強いです。慣れた部下がいるというのは、安心感がありますから」

素直な感想を告げるが、もう彼の気持ちはアリアにはないらしく、特段の喜びを見せる気配はなかった。

その時、飛行船の扉が開く音が聞こえてくる。

「あれ、二人ともここにいたんだ」

その声に振り向くと、やってきたのはエフィだった。

「エフィさん。あなたも乗ってきてたんですね」

アリアの言葉に、エフィは少しだけ寂しげに頷《うなず》いてみせる。

「うん。きっと、それくらいはしないといけないでしょ、あたしたち」

彼女も、アリアやゴードンと同じ気持ちだったらしい。

「結局、昨日はあいつ一人に全部押しつけちゃったんだから」

そうして、彼女は一つ溜め息を吐いた。

「悔しいよね。あれじゃ、どっちが騎士なんだか分からない」

『騎士もどき』の過去を知ったからだろうか。

その言葉は、何故《なぜ》かずしりとアリアの胸に重く突き刺さった。

「……そろそろ着くわ」

緊張の混じったエフィの声で意識を前方に向けると、双子遺跡『弟』がすぐ近くまで迫っていた。

防衛装置は切ってあるので、今度は前回のような荒っぽい着陸はしなくていい。

一瞬、逸る気持ちに任せてまた飛び降りようかと思ったが、甲板の強い風はアリアの頭を十分に冷やしてくれたようで、意味のない暴走を留めてくれた。

「行きましょう、ゴードン、エフィさん」

「おう」

「ええ」

甲板から戻ると、三人は正規の手順で飛行船を降り、およそ二十四時間ぶりに双子遺跡『弟』に足を踏み入れた。

「これより街に移動して、地下迷宮を目指します。事前に聞いているとは思いますが、空間転移の罠《わな》が仕掛けられた遺跡です。一群となって行動するように」

指揮官として慣れないA班を指揮しながら、アリアは移動を開始した。

すぐに昨日の街に着き、同じ隠し通路から地下に潜る。

が、やはりというか湖のある空間には辿《たど》り着かず、夜の森の中のような空間に出た。

しかし、ここは逃走中に一度通った道でもある。慌てることなく、次の部屋を目指す。

何度も何度も見知らぬ空間に転移を繰り返し、やがてとうとうあの岩山の空間に出た。

「ここです！　気を付けて！」

まだ『偽骨猟犬』が移動せずにいるかは分からなかったが、可能性は一番高い場所だ。

アリアも神経を研ぎ澄ませ、油断なく周囲を見回す。

——オオォォォォォ……。

ふと、アリアの耳に昨日聞いたばかりの咆哮《ほうこう》が聞こえた。

「ねえ、今の」

すぐ後ろを歩いていたエフィも気付いたらしく、顔を強張《こわば》らせていた。

「ええ。『偽骨猟犬』の鳴き声です」

アリアはゆっくりと息を吐くと、平常心を握りしめて声の聞こえるほうへ行った。

『偽骨猟犬』はよほど機嫌が悪いのか、何度も咆哮し、時には岩山を叩《たた》き壊すような音も聞こえてくる。

「……敵さん、随分と荒れてんじゃん。昨日の傷で苦しんでるとか？」

異常な様子に、エフィは少し戸惑っているようだった。

アリアも気持ちは同じである。

敵に近づくにつれ、アリアたちとの戦闘の時にはなかった破壊痕が見つかり、あの化け物の荒れ具合が察せられた。

そうして歩くこと数分。ようやくアリアたちは『偽骨猟犬』の尻尾を視界に収める。

「対象を発見しました！　これより攻撃を開始します！　前衛は足止めに徹して、後衛の魔法攻撃で削ります。敵が砲撃態勢に入ったら、魔道士組は速やかに障壁を張るように！」

指示を出すなり、今度こそ逸る気持ちを抑えきれずに突撃した。

邪魔な岩山を抜け、絶望を体現した偽神と対峙《たいじ》する。

が、そこにいたのは――。

「え……」

思わず、アリアは間の抜けた声を零してしまう。

予想通り『偽骨猟犬』はいた。

だが――そこに信じられない影がもう一つ。

工芸品のように美しい剣を握る血塗《ちまみ》れの腕。全身傷だらけにもかかわらず気勢を吐き、ただ目の前の脅威に真っ向から挑む小さな姿。

『騎士もどき』が、『偽骨猟犬』に立ち向かっていた。

「はははは っ！　ようやくてめえの動きにも慣れてきたぞ！」

猛禽類《もうきんるい》のように獰猛《どうもう》な笑みを浮かべた『騎士もどき』は、気迫の叫びを上げながら、硝子《がらす》の剣で敵に攻撃を仕掛けていく。

「うっそ……あいつ、なんで生きてるの？」

エフィの呆然《ぼうぜん》としたような声が耳をすり抜けていく。

――まさか。

まさかまさかまさか！

「丸一日、『偽骨猟犬』と戦い続けていた……!?」

あまりに信じられない事実に、状況も忘れて呆然とした。

たった三十分にも満たない時間でアリアたちを壊滅まで追い込んだあの偽神と、一人きりで一晩中？

とても正気の沙汰じゃない。

技量もそうだが、何より凄《すさ》まじいのはその精神力。

アリアたちが再びここに来るなんて、彼は知っているはずないのだから。

絶対に死ぬと分かりきっている状態で、それでも絶望に心を壊すことなく、疲労や苦痛に屈することもなく、ただ全力で戦い続けたのか。

それは——なんという心の強さ。

いや、そんな簡単な話じゃない。

おかしい。異常だ。ありえない。

「……い。おい、アリア！　しっかりしろ！　このままじゃあいつに勝ち目はねえぞ！」

ゴードンに怒鳴られて、アリアは我に返った。

そうだ。彼が生き残っていたのは予想外だが、それでも全身傷だらけで、いつ倒れても

おかしくない。

一方の『偽骨猟犬』は昨日から傷が癒えていないものの、まだ余裕があるようで、確実に『騎士もどき』を追い詰めている。

「そ、総員！『騎士もどき』の救助と敵の討伐を！」

アリアの指示で、A班が動き出す。

彼女自身も、剣を抜いて敵に突っ込んでいった。

『騎士もどき』が硝子の剣で『偽骨猟犬』の爪を受け流す。

その隙を見計らい、アリアは偽神のこめかみに刺突を放った。

「……んお？　え、アリア？」

よほど戦いに集中していたのか、そこでようやく『騎士もどき』はアリアの存在に気付いたらしい。

「下がってください！『騎士もどき』！　ゴードン、今です！」

アリアが叫ぶのと同時、ゴードンが突っ込んできて敵の左前足に戦斧《バトルアックス》を叩きつける。

「つらあ！」

昨日、アリアが付けた弱点が残っている箇所。そこに大威力の一撃が浴びせられた。

「突っ立ってんな！　離れろ馬鹿！」

ゴードンはまだ立ち尽くしていた『騎士もどき』を担ぐと、その場から離脱する。

敵の反撃を恐れてのことではない。

自分の背後で膨れ上がった強大な魔力から逃げるためだ。

アリアも急いで安全圏へと逃げる。

「よっしゃ、かますよ！」

後衛集団の中で一際大きい魔力を練り上げるエフィが杖《つえ》を振るった。

その先端から、巨大な炎の渦が出現する。

「『灼火の暴風《アベラトル・テンペスタス》』！」

敵を飲み込む炎の奔流と、追撃する数々の魔法。

「ここで勝負を決めます！　各自、全力を振り絞って！」

昨日の奇襲のお返しとばかりに、総員の最強魔法を叩き込んでいく。

爆風と衝撃、紫電と閃光《せんこう》。

ありとあらゆる攻撃魔法が狭い空間に吹き荒れた。

「俺も行く！　お前はその辺で寝てろ！」

そんな中、ゴードンに放り投げられた『騎士もどき』が、アリアの隣に着地する。

彼はどこかまだ状況を飲み込めない様子ながらも、いつも通りの気が抜けた笑みを浮かべた。

「えーと……意外な再会だな？」

その一言に、なんだかアリアは泣きたくなるほど胸が詰まってしまう。

「まったくです。仇《かたき》を取りに来たら、まさか生きてるとは思いませんでしたので。しぶといですね、あなたは」

出てくる言葉が可愛《かわい》げのない悪態であることに軽く自己嫌悪しながら、アリアはふらつく彼に肩を貸した。

「仇討ちか……はは、そりゃ厚意を無駄にして悪かったな。なにしろ生き汚さだけで仕事をしてる男でね」

「みたいですね。けど、そのままじゃ死ぬでしょうから、さっさと治療しますよ」

苦笑いする『騎士もどき』を、アリアは前線から遠ざける。

もう二度と交わすことがないと思っていた会話を交わせた。

「……すみません。あなたを置いて逃げてしまって」

その安心感からだろうか、アリアは一生自分の胸に秘めておくべきだった罪悪感を吐き出してしまった。

「謝るな。これが俺の仕事だ」

案の定、彼は責めることなく——責めることすらしてくれず、ただアリアの行動を良しとした。

そう言われるのは分かっていた。

分かっていたから、一生自分の胸に秘めていなければいけなかったのだ。

吐き出して楽になろうとすれば、それ自体が新たな罪悪感を生むのだから。

背後で偽神の断末魔が響く中、アリアは自分の心臓が跳ねる音だけを聞いていた。

双子遺跡『弟』攻略、および俺の救出から三日が経《た》った。

リーザルトは手に入れた空間転移という破格の技術を、どう扱っていいものか決めかねており、『叡智の雫』は様々な戦後処理に振り回されている。

技術を盗みに来る他の鋼船都市の工作員対策や、かかった経費、装備や人員の損害の計上などなど。

まったくもって、騎士様というのは忙しい生き物である。

一方、奇跡的に生還した俺はというと、その間ずっと病院のベッドに寝たきりになっており、暇を持て余していた。

「はー……やることねえ。看護師さーん、ここお酒ないのー？」

友人もなく、とりたてて趣味もない俺は、あまりにも刺激のない毎日に飽きつつあった。というか完璧に飽きていた。

「あるわけないでしょう。あなたが一番の重傷だったんだから、大人しく寝てなさい」

俺の包帯を取り替えにきた看護師は、慣れた様子で愚痴を聞き流していた。

さすが『叡智の雫』御用達《ごようたし》の病院である。看護師も肝が据わっているようだ。

彼女は汚れた包帯を回収すると、さっさと病室から出ていこうとして、ふと思い直したように立ち止まる。

「あ、そうだ。そういえばもうすぐ副団長が来るって言ってたわよ。他の団員のお見舞いだろうけど、もしかしたらあなたのところにも来るかも」

「むぅ……アリアか。うわ、ここの治療代のことかな」

俺は金を全く持っていないため、ここの入院費も薬代も『叡智の雫』に借りている状態である。

そのことについて話し合わなければならないだろう。憂鬱である。

看護師が去った後、俺は自分の身体《からだ》の状態を確認しながら眉間に皺《しわ》を寄せた。

「六割ってところか……さて、間に合うかね」

俺の契約は双子遺跡の攻略完了まで。

まだ攻略が終わっていない『兄』での作戦が始まれば、どれだけ身体がボロボロでも参加しないわけにはいかない。

違約金も払えない今、もし仕事を投げ出すような真似《まね》をしてしまえば、俺は多くの騎士団から得ている信頼を失うことになり、今後の仕事にも支障が出るだろう。

その時、コンコンと病室の扉を叩《たた》く音が聞こえた。

「入っていいぞ」

ベッドの上から声を掛けると、遠慮がちに扉が開いた。

「……失礼します」

入ってきたのは、やはり硬い表情をしたアリアだった。

「よう。お見舞いに来てくれたのか？」

「そんなところです。一応、お見舞いの品も」

こっちに歩きながらアリアが取り出したのは、上級回復薬《ハイポーション》の瓶だった。

高価だが、通常の回復薬よりずっとよく効く代物である。

「助かるよ。正直、お金がすっからかんだからな。ボロボロのまま『兄』の攻略に向かわなきゃいけないことを覚悟してた」

瓶の中身を一気に呷《あお》る。

清涼感のある液体が喉を通り抜け、全身に淡い緑の光が宿った。

完全回復とまではいかないが、随分楽になった。

これなら明日にも退院できるだろう。

「そんな怪我《けが》をしておきながら、次の作戦にも参加するつもりですか」

アリアは、俺を見ながら呆《あき》れたような声を出す。

「そりゃあ違約金も払えないしな」

「……貯金しようとか、そういう考えはないんですか？」

「明日死ぬ奴《やつ》は明後日《あさって》の分の金を使えないんだぞ。確実に生きてる間に全額使い切るのがいい人生ってもんだろう」

ん？　なんか前にもこういうやりとりした覚えがあるなあ。

「……初めて会った日を思い出しますね。あの時も同じやりとりをしました」

アリアも同じことを思い出したのか、微笑を浮かべてみせた。

「あの時は、なんて馬鹿な人なんだと思ったものですよ。無計画で刹那的でがさつ。絶対仲良くなれない人種だと思いましたね」

「ひってえな」

あまりの言われようにちょっとへこんでいると、アリアは笑みを消して、真剣な顔で俺を見た。

「……でも、今ならどうしてあなたがそういう生き方をしているのか分かります。あなたは本当に、明日死ぬという可能性を見据えて生きているんですね」

アリアの口ぶりは、どうも俺を『空の遺跡』に置いていった罪悪感以上のものがあるように思えた。

俺があの化け物と一晩中じゃれ合っている間に、何か余計なことを知ったらしい。

「まあな。今までたまたま死に損なったからって、明日もまた死に損なうかは分かんねえし。だったらほら、毎日寝る前に『あれやっておけばよかった』なんて思わないで済む生活をするほうが建設的だろ？」

明日があるか分からないからこそ、日々を懸命に生きるのである。俺、超前向き。

自分の完璧な人生計画に改めて酔いしれる俺に、しかしアリアは痛ましいものを見るような目を向けてきた。

「どうして、そんな生活を送っているんですか？　あなたほどの人なら、多くの騎士団から騎士としての誘いがあるでしょう。なんなら、うちに入っても――」

「断る」

アリアが言い切る前に、はっきりと拒絶した。

「俺は今の生活に満足してる。誰かに同情を受ける理由なんてない」

その、少しだけ間違えた彼女の優しさを、俺は強く窘《たしな》める。

「……そういうつもりじゃないですよ。ただ、納得いかないだけです。いえ、納得じゃなくて……その」

言葉を探すように、アリアは目を泳がせる。

やがて最適な言葉が見つかったのか、視線をまたこっちに向けた。

「そう、知りたいんです。『騎士もどき』。あなたのことを私は知りたいし、なにより理解をしたい」

理解したいと来たか。

初めて会った時のように、ただ警戒心や好奇心で知りたいと言ったのなら、はぐらかしてやることもできた。

けど、ただ誠意と思いやりで俺を理解したいとまで言われたら、そんな不誠実なことはできない。仮にも俺の仇討ちをしてくれようとした奴なのだ。

「そうか。たいして面白い話じゃないが、お前が聞きたいのなら話してやろう」

俺が承諾すると、アリアは息を飲んで頷《うなず》いた。

「その前にアリア。お前は俺のことをどこまで知っている？」

恐らく、団長あたりにある程度のことは聞いているだろう。

あの年代の奴は、俺が傭兵《ようへい》になる前のことを知っている奴も多いからな。

「……酷《ひど》い騎士団で育って、最後に『空の遺跡』の奥で見捨てられたと」

「なるほど」

俺は少しの沈黙を挟んで、何から話すかを整理した。

そして軽く息を吐くと、一つずつ語ることにした。

「まず初めに、勘違いしていることを一つ訂正する。俺はね、別に仲間に見捨てられたわけじゃなかったんだよ」

その言葉に、アリアは驚いた様子を見せた。

「確かに俺のいた騎士団は酷かった。けど、だからこそというかね、その環境で育った仲間たちには、強い仲間意識があったんだ。最初はみんな、死にかけの俺を運んで帰ろうとしたんだよ」

目を瞑《つぶ》ると今でも思い出せる。

薄暗い迷宮の通路。

血塗《ちまみ》れの胴体と、ガラクタになった手足。

少しでも身体を捻《ひね》れば内臓《なかみ》が零《こぼ》れそうで、既に痛覚なんてものはない。

もはや死にゆく他に道がない肉体。

なのに、仲間たちはそんな状態の俺を助けようと、必死で運んでくれようとした。

「けどさ、俺を抱えていたら誰も助からないことは明白だったんだ。だから捨てていってくれって頼んだんだよ。俺が自分で」

それでも最初は諦めるなと多くの仲間が俺を叱咤《しった》して、無理やり連れて帰ろうとしてくれた。

だが、その度に現れる偽神が、『空の遺跡』の罠《わな》が、少しずつ仲間の絆《きずな》を壊していく。

そうして最後には、誰もが俺を捨てるしかないと理解してくれた。

「俺は誰も恨まなかった。むしろ、辛《つら》い選択をさせてしまって申し訳ないとすら思った。だから……本当はそこで死ねていたらよかったんだ。多分それが、俺の人生にとって一番幸せな結末だっただろうから」

なのに、俺は生き延びてしまった。

ただもう一度仲間に会いたい一心から、薄暗い『空の遺跡』の迷宮で生存方法を見出《みいだ》し、這《は》いずり回り、脱出に成功してしまった。

それが、人生最大の失敗であるということに気付かずに。

「そんな……どうして」

理解できないとばかりに、アリアが首を横に振る。

俺は記憶とともに心に蘇《よみがえ》る苦みを堪《こら》えながら、可能な限り淡々と語った。

「生き延びた俺を、仲間たちは喜んで迎えてくれたよ。そして何度も謝るんだ。『見捨ててごめん、生きてててくれてよかった』ってな」

俺は何も気にしていなかったのに。

みんなが生きていて、俺も生きている。ただそれだけでよかったのに。

ただ、安全な道を選んだ者は、それでは済まない気持ちがあったらしい。

「……次の『空の遺跡』攻略から、みんなはおかしくなった。俺を過剰に守ろうとして、どんどん陣形が崩れる。どんな時も俺の安全を最優先にする。ただでさえ戦力に余裕がないのにそんな戦術が成立するわけもなく、結局最後には俺の力に頼ることになった」

地獄を生き抜いた経験もあり、当時の騎士団で俺の力は頭一つ抜けていた。

周りはみんな俺を守ろうとして、それでも最後は俺に頼らざるを得ない。

――罪悪感はどんどん重なっていく。

探索を繰り返すごとに、仲間は拭うことのできない十字架を背負っていった。

「そうやって積み重ねて積み重ねて……とうとう最後はみんな壊れてしまった。耐えきれない罪悪感に負けて、俺と目を合わせる奴は一人もいなくなった。その時にようやく気付いたのさ、俺は間違ったのだと」

致命的な失敗。

いっそ俺が死んでいれば、みんな割り切れただろうに。

結局、俺は命を捨ててでも守ろうとしたものを、自分の手でぶち壊してしまったのだ。

「そうなったら、もう騎士団にはいられないだろ？　俺は元いた鋼船都市から飛び出して、傭兵になった」

帰るべき鋼船都市も、所属する騎士団も失った。

そうして騎士と名乗ることを辞めたくせに、騎士団を渡り歩いて騎士の真似事《まねごと》をする紛《まが》い物《もの》――『騎士もどき』。

いつしか俺は、そんなふうに呼ばれるようになった。

「かいつまんで言うと、俺の過去なんてこの程度のもんさ。傭兵になってからの経歴は確か一度調べたって言ってたし、話さなくていいだろ？」

アリアが『叡智の雫』で刻んできたような華やかな騎士の物語ではなく、どうしようもない底辺の騎士団であった、くだらない騎士の物語である。

「納得できません」

それでもアリアは何が気に入らないのか、挑むような目つきで俺を見つめてきた。

「どうして傭兵になったんですか。他の騎士団で騎士を続ければよかったじゃないですか。なのに、そんないつ死んでもおかしくないような仕事ばっかり受けて……！　生き残ったのなら、幸せになればいいじゃないですか！　もっと報われる道を選べばいいじゃないですか……！」

アリアの思考は当然で、健全で、まさに真っ直《まっす》ぐ人々の幸せのために生きる騎士らしいもの。

けど、だからこそ壊れた傭兵の心は分からないだろう。

きっとどう説明しても、納得はしてもらえない。

それでも一度語ると決めた以上は、誤魔化《ごまか》すことなく本心を語ろう。

「騎士団を飛び出した時にさ、何が間違っていたのか考えたんだよな。ここまで酷い結末になった以上、俺は何かを間違ったはずだって思ったから。そしたら、答えは簡単に見つかったよ。俺はね――あの『空の遺跡』で助かるべきじゃなかったんだ。生き残る努力をして、その上で失敗するべきだったんだ」

仲間たちにもう一度会いたいと思って、生きる努力をしたことを間違いだと思いたくはない。

それはきっと人として、騎士として正しい願いだった。

だとしたら、俺の間違いは失敗しなかったことだろう。

俺は生き残ろうと必死で努力して、最善を尽くして、その上で失敗するべきだった。

そうすればみんなが幸せになれた。

俺は騎士として誇らしい死を迎えていたし、仲間たちは俺の死を割り切って前に進めていたはずなのだ。

考えれば考えるほど、俺が脱出に成功してしまったのは間違いだった。

「だから……やり直そうとしているんですか？」

アリアの瞳は、何故《なぜ》か潤んでいた。

「自分が生き残ったことは間違いだった。だから何度も死地に赴くような仕事を受けて、いつか本当に死ぬまで、それを繰り返そうと――そんなことを、本気でやろうとしたんですか？」

「その通りだ。俺はね、アリア。ただ納得いく死に場所が欲しいだけなんだよ」

震える声でアリアが紡いだ問いかけに、俺は静かに頷いた。

間違えた以上は、やり直すべきだ。

そうすれば、あの時から壊れ始めた俺の人生は、ようやく正しい結末を迎えられる。

それは何も生み出さない自己満足だろうけど、俺がこの人生の後悔を埋めるには、これしかない。

「…………………」

アリアは、何も言わない。

最初から分かっていたことである。俺たちは分かり合えない。

そして正しいのはアリアで、間違っているのは俺である。

だからアリアが俺に歩み寄る余地はないのだ。

間違っていない彼女が、間違った俺に合わせようとするなんて道理が通らないのだから。

「アリア、最後に一つ言っておこう。これは俺の人生だ。その責任は全て俺が背負うものだし、お前が俺に何かしてくれようなんて思わなくていい」

お世辞にも幸福な人生ではなかったし、他人に誇れるようなことなど一つも成し遂げられなかった。

だけど、いつだって俺は俺の意思で進んできたのだ。

だから、他人にその失敗を背負わせるような真似はしたくない。

「でも……！」

感情のまま言い返そうとし、だけどやはり言葉が見つからないように黙り込むアリア。

そんな彼女の善良さを心地よく感じながらも、俺は笑顔で首を横に振る。

「俺の命は、革袋一杯の金貨で買える程度のものさ。そんな価値しかないものを無理に尊重しようとしなくていい。お前らはもう支払いを終えたのだから」

その言葉を最後に、最初から嚙《か》み合うはずもなかった俺たちの会話は終わった。

四章　最後の間違い

Funky soldier conquering the ruins of the Sky

俺の退院から二日後。

回復した団員たちで部隊を編成し、『叡智の雫《ウイズダム・ドロップ》』は双子遺跡『兄』の攻略へ向かうことになった。

今回の指揮官はアリアではなく団長。

前回の探索では、アリア率いるB班が『弟』を攻略する間の『兄』の足止めという意味合いが大きかったため、本格的な調査を進めていないとのことらしい。

まあ、同じ攻略難易度Bでも、『兄』は『弟』よりもやや手強《てごわ》いとのことなので、戦力に不安がある状況で強行しなかったのは賢いと言える。

全員で飛行船に乗り込み、『兄』を目指す。

その間、誰も俺に近づいてくるものはいなかった。

特に元B班の人間は、なるべく俺に視線を向けないようにしているのが、ありありと分かる。

別に仲が良かったわけでもないが、それでも自分が見捨てた相手と親しげに接するほどの図太さはないようだ。

ふらふらと歩いてみるが、今度はエフィもちゃんと自分で酔い止めを用意していたようで、通路の隅に蹲《うずくま》っていることもない。

そうして妙に長く感じる空の旅を終え、『空の遺跡《ロストガーデン》』に降り立った。

既視感のある森や草原に、俺は目を瞠《みは》る。

「……『弟』にそっくりですね」

俺が抱いたのと全く同じ感想が、すぐ近くにいた誰かの口から零《こぼ》れた。

見ると、そこには真剣な表情を浮かべるアリアの姿が。

「確か『弟』にあった資料では、ここは元々違う国だったはず。なのに、ここまでそっくりというのは不思議議です。どういう意図があって設計されたんでしょうか」

先日の病院以来まともに会話をしていなかったが、さすがは副団長だ。個人的な気まずさを引きずることなく、見事に仕事用に気持ちを切り替えていた。

「さてな。神様の考えることは俺には分からん。ただ、意図があるのなら資料を残すはずだ。今回の探索は、それが目的だろう？」

本来、双子遺跡に期待されていた技術は空間転移。

その目的は『弟』を攻略し終えた今、ほとんど達成したと言ってもいい。

にもかかわらず、わざわざ費用と人員を動かしてまで『兄』の攻略を始めたのは、空間転移を譲ってもらった国である『兄』が、その技術によってどんな問題を抱え、どうやって解決してきたのかを調べるためだ。

高度すぎる技術を社会に取り入れるために必要な取扱説明書。

それがなくては、あんな未知の技術なんて怖くて使えないのである。

「そうですね。『兄』は『弟』より広いので、探索は四人小隊の班を作って行われます。あなたは私とゴードン、それにエフィさんと組むようにお願いします」

「了解」

このチームはA班主体で行われているので、俺たちのような元B班は一括《ひとくく》りにまとめられることになっている。

しばらく待っていると、飛行船から残りの二人も降りてきて、俺たちを見つけると歩み寄ってきた。

「うわ、ハルト本当に参加したんだ。絶対病院で寝てると思ったのに」

エフィは俺を見るなり、目を丸くしていた。

「アリアがわざわざ高い回復薬《ポーション》を差し入れてくれてな。どうやらまだまだ休ませてもらえないらしい」

「本当？　やー、アリア鬼だねえ」

「そ、そんなつもりで差し入れたんじゃないですよ！」

からかう俺たちに、慌てたように弁解するアリアである。

「おい、戦う前にあんまり和むな」

そんな俺たちが緩んで見えたのか、ゴードンが顔をしかめて忠告してきた。

そういや、こいつと会うのも数日ぶりだな。

「やあゴードン君。その節はだいぶ世話になったな。まさかお前が仇討《かたきう》ちをしてくれるほど俺のことが大好きだとは思わなかったよ。よし、特別に今日から俺の兄弟《ブラザー》と名乗ることを許そう」

俺なりに親愛を表わしてみると、ゴードンはものすごく嫌そうな渋面を浮かべた。

「ぞっとしねえことを言うな。単に俺はお前に借りを作りたくなかっただけだ。くだらねえこと言ってねえでさっさと行くぞ」

言い捨てると、ゴードンは一人歩き出してしまった。

それを黙って見送るわけにもいかず、俺たちは彼の後を追う。

正直、俺は今回の探索についてほとんど打ち合わせをしていない。

ギリギリまで入院していたというのもあるし——なにより今回の指揮官は団長だ。

傭兵《ようへい》が騎士団に全ての手札を明かさないように、騎士団もいつ敵に回るか分からない傭兵に必要以上の情報開示は避けるもの。

アリアが律儀すぎただけで、俺の雇い主というのは本来こういうものである。

しばらく歩くと、やはり『弟』にあったのと同じような街が現れた。

が、どうも街の様子は違う。そこかしこで偽神《デミゴッド》がうろついている。

「おい、なんだここ。防衛装置切ってないのか？」

意外な光景に驚きながら武器を構える俺に、隣で戦闘準備を整えたアリアが答える。

「どうも『兄』の防衛装置は複数に分かれているようで、『弟』と違って一つ止めれば全部止まるというものではなかったらしいです」

なるほど、そりゃあ面倒臭い。

戦力が整っていない前回の探索を様子見で終わらせたのも分かるというものだ。

「手早く終わらせて探索を行います。それと市街地であるため、エフィさんは破壊力の大きい魔法を使わないように。総員、戦闘開始」

アリアの指示と補助魔法を受け、俺たちは偽神への攻撃を始めた。

防衛装置は厄介になっているとはいえ、偽神の種類は『弟』とそう変わらないらしい。

動きの鈍い人型の偽神が振り回す拳を避《よ》け、足を切って体勢を崩させる。

そこをエフィの魔法が狙い撃ちし、幸先《さいさき》良く一体を撃破した。

敵は弱い。が、数が多かった。

エフィの大魔法が使えないこともあり、なかなか片付けることができない。

気付けば何体かは俺とゴードンの壁を抜け、中衛であるアリアの元まで進んでしまっていた。

アリアは白兵戦も危なげなくこなすが、エフィのところまで行かれると少しまずいな。

仕方ない、俺がもうちょい引きつけよう。

「ほら、こっち来い！」

俺は切り結んでいた敵から離れ、横を通り抜けようとしていた偽神たちに硝子《がらす》の剣を伸ばして一撃入れる。

そんな程度の攻撃で倒れるほど脆《もろ》い相手ではないが、それでも十分に挑発になったようで、一気に八体ほど俺に引きつけることに成功した。

八対一とはいえ、この程度の相手に負ける俺ではない。

その間に三人が周りの敵を殲滅《せんめつ》してくれれば、後は簡単だ。

それまで、せいぜい時間を稼いでやろう。

俺が剣を構え直し、とりあえず目の前にいた一体を切り伏せようとした——その瞬間である。

背後から炎の矢が飛んできて、目の前の偽神の首を燃やし尽くした。

「エフィ……⁉」

振り返ると、さっきより随分と前に来たエフィが俺の援護を始めていた。

「ばっ……下がれ、エフィ！」

アリアとほぼ同じところまで上がってるじゃねえか⁉　そこにはまだ倒しきれない偽神がいるっていうのに！

「うわ、やばっ」

案の定、エフィは偽神の攻撃範囲に捉えられ、巨大な拳を必死に杖《つえ》で受けるはめになっていた。

助けに行きたいところだが、こうまで偽神に囲まれた状況では身動きできない。

こうなったら前線を俺一人で支えて、ゴードンを後ろに回そう。

「おい、ゴードン！　エフィを――」

そう叫びかけた瞬間、俺の側面にいた偽神が巨大な戦斧《バトルアックス》で弾《はじ》き飛ばされた。

「なに囲まれてんだ馬鹿が！」

いつの間にか近くまでやってきたゴードンが、俺を囲む偽神の檻《おり》を破ろうとしていた。

「お前まで……ゴードン！　俺はいいからエフィを助けろ！」

そう怒鳴ると、そこでようやくゴードンは背後の様子に気付いたらしく、舌打ちして走り出す。

その戦略は功を奏したのか、あるいは単に敵が弱かっただけか、五分ほどの戦闘で偽神たちを全滅させることができた。

「ふぅ……なんとかなりましたね。やはり『兄』は手強いようです」

アリアは汗を拭いながら、安堵《あんど》の吐息を漏らした。

だが、違う。

今のは敵が強かったんじゃない。俺たちが弱かったんだ。

エフィもゴードンも俺を守るために本来の役割を放棄してしまった。

そのため連携が上手《うま》く機能せず、持っている能力を十全に発揮できなかったのである。

俺のいた騎士団が末期に陥ったのと同じ症状だ。

「アリア。悪いが配置変更を頼みたい」

状況を把握した俺は、即座にそう申し出た。

アリアは驚いたように目を見開きつつも、すぐにその意味を把握したのか、エフィとゴードンに目を向ける。

「でも……」

が、彼女にも思うところがあるのか、素直に俺の要求を承認する気配がない。

……失敗した。

最初から俺と関わりが薄い奴《やつ》らの小隊に入れてもらうんだった。

エフィにもゴードンにもそこまで深入りしたつもりはなかったが、それでも騎士たちの義理堅さは想像以上だったらしい。

「とにかく、俺はこの小隊から抜ける。悪いが今の指揮官はお前じゃないんでね、団長に許可をもらいに行ってくるぞ」

反論が来る前にさっさと自分の意見を押しつけ、彼女たちの元を離れた。

今の俺が一緒にいるくらいなら、三人で動いたほうがまだ生存率が高い。

「……上手くいかねえもんだな。こういう失敗をやり直したいわけじゃねえってのに」

苛立《いらだ》ち紛れに去っていく『騎士もどき《ネームレス》』の背中を、アリアは追いかけることができなかった。

彼の気持ちは痛いほど分かる。

振り返ってみれば、エフィもゴードンも普段の動きじゃなかった。

冷静であれと自分に言い聞かせていたアリアでさえ、自然と『騎士もどき』の動きに気を取られてしまっていたのである。

事情を知らない二人が彼を猛烈に意識してしまったのも、無理はなかった。

「なんだあいつ。急にいらつきやがって」

ゴードンが不満と困惑を半分に混ぜたような口調で呟《つぶや》いた。

「……彼には彼の考えがあるんでしょう。気にしてもしょうがないですし、三人で行動します」

本当のことを勝手に言うわけにもいかず、アリアは無難にまとめる。

「まあ、そうね。元々あいつは奔放で有名な傭兵っしょ？　今までが大人しかっただけで、そういうこともあるんじゃん？」

何か突っ込まれるかと思ったが、エフィがそう言ったことでゴードンも納得してくれたようだった。

そうして探索を続ける。

『弟』での経験を生かし、地下通路があった建物に入った。

真っ先に『弟』で隠し通路があった場所を調べてみるが、どうにも見つからない。

「うーん……なんかここら辺にありそうな気がするんだけどね。ちょっと『弟』とは地下通路の位置がずれてるっぽいね。ここ安全そうだし、三人で分かれて調べたほうがいいかもよ？」

こんこんと杖で壁を叩《たた》きながらエフィが提案してくる。

「そうしましょうか。万が一に備えて油断はしないように」

「はーい」

「おう」

アリアたちは散開して、各自怪しいところがないかを調べ始めた。

通路を抜け、倉庫のような薄暗い室内に一人で入るアリア。

「ふぅ……」

誰かの目を意識しなくていいと分かった途端、思わず溜《た》め息《いき》が零《こぼ》れた。

部下がいる時は気を張っていられるが、油断するとすぐに『騎士もどき』の背中がちらつく。

……何も、してあげられなかった。

いまだに過去の地獄から帰ってこられていない彼に、アリアは掛ける言葉を見つけられない。

順当に行けば、この仕事が終わった後に彼と会うことは二度とないだろう。少なくとも、味方としては。

そうなれば、彼の末路は知れている。

何度も何度も捨て駒になることを繰り返し、いつかどうしようもない地獄に再び閉じ込められ、今度こそ薄暗い迷宮の中で死ぬのだろう。

それを認めたくないのに、止めたいのに、彼女にはどうすればいいのか全く分からなかった。

「アリア」

我知らず唇を嚙《か》みしめていると、背後から優しい声で名前を呼ばれた。

振り返ると、エフィが労《いたわ》るようにこっちを見ている。

「エフィさん？　どうしたんですか、いったい」

さっき別れたばかりで、まだ何も見つけられていないだろうに。

小首を傾《かし》げるアリアに、エフィは少し眉根を寄せてみせた。

「どうかしたのはアリアでしょう。『空の遺跡』にいるっていうのに気もそぞろで」

どうもアリアの動揺は見抜かれていたらしい。

同い年のはずだが、エフィは自分よりずっと大人っぽく感じて敵《かな》わない。

「いえ、別に……」

「ハルトのこと？」

ずばりと当てられ、アリアは思わず息が詰まった。

「やっぱり」

その反応で確信を得たらしいエフィ。

バツが悪くなったアリアは、無言で顔を逸《そ》らした。

「アリア。上に立つ人間がそれだと、あたしもゴードンも命を預けられない」

責めるというより、優しく諭すような口調。

それで、アリアはエフィがこうして二人で話す機会を作るために手分けを提案したのだと察した。

こうまで言われたら、アリアとしても無言を通すような大人げない真似《まね》はできない。

「……少し。やっぱり彼を見捨てたわけですから、思うところがあって」

最低限の言葉しか伝えられなかったが、それでもエフィはなんとなくアリアの心情を理解してくれたようで、小さく頷《うなず》いた。

「だよね。あたしだって気が引ける部分はあるし、実際に指示を出したアリアなら尚更《なおさら》よね」

胸の中にあるわだかまりをうまく言葉にすることができないアリアにとって、その察しの良さはありがたかった。

「そういえば、エフィさんはいつの間に『騎士もどき』と仲良くなったんですか？」

話を逸らしたい気持ちが無意識に働いたのか、アリアは前から気になっていたことを訊《たず》ねる。

「ん？　飛行船で気分が悪くなってたら、たまたま通りかかったハルトが酔い止めをくれたってだけ。あとはなんとなく波長が合うから？　緩い感じで」

そんなことがあったとは知らなかった。

驚きながらも納得するアリアに、エフィは苦笑を見せる。

「……あいつ、自分自身は船酔いしないくせにね。他人に分けるために、わざわざ持ち歩いてたっぽいんだよ」

エフィは楽しそうに、アリアの知らない『騎士もどき』のことを話していく。

無意識のうちに、アリアは首元の銀の剣を握っていた。

「最初は単に何事にも備える奴かと思ったけど、そうじゃないね。あれはただ素直じゃないんだよ。頭の中にでっかい理想の自分があってさ、その理想に反する気持ちを持つことを間違いだと思ってる。ある意味、騎士より騎士らしい克己心だよ」

確かに、彼の在り方は金と実利で動く傭兵《ようへい》というより、理想や誇りに準ずる騎士に近いかもしれない。

目指している方向は、死と絶望という真逆のものだが。

「……なんか、遠回しに意地っ張りって言ってるように聞こえるんですけど」

「あ、分かった？」

エフィは楽しそうに笑ってみせたが、アリアはそれに合わせて愛想笑いを浮かべる気分にはなれなかった。

かと思うと、彼女はアリアのことを指差してみせる。

「ちなみに、アリアもあいつと同種だと思うよ？」

と、急に予想外のことを言ってきた。

「……どこがですか」

いくらなんでも自分と『騎士もどき』では全く違う性格である。真逆と言ってもいい。

「だって、アリアもすごい意地っ張りじゃん」

が、そんなアリアの自認を吹き飛ばすように、エフィは凄《すさ》まじく真《ま》っ直《す》ぐな言葉を投げかけてきた。

「真面目で融通が利かなくて、正しいと思うことを曲げられない」

「うぐ……」

全く否定できない事実に、思わずアリアはうめいた。

「あと頑固だし、仕事のやり方は潔癖だし、自分に求めるものも大きいし」

「う、うぅ……」

言葉の槍《やり》がぐさぐさとアリアの心に突き刺さる。

そうして、追い詰められるアリアを姉のような笑顔で見つめながら、エフィは決定的な事実を口にした。

「だから——ハルトに何も言ってあげられないんでしょ？　あの時、あいつを見捨てた決断は正しいと思っているから。そんな自分が何を言っても、ハルトの心に寄り添えないって思ってる」

「————」

その言葉は、まさしくアリアの心の真ん中にあったものを射貫《いぬ》いた。

そうだ。自分は確かにあの時、彼が死んで自分たちが助かることを正しいと思った。

なのに、自分の身が安全になった途端、手のひら返しして彼は間違っていると言うのか。

そんな誠意のない言葉は吐けない。

だってもう一度あの状況に陥ったら、また彼を犠牲にして仲間を助けるのが正しいって、そう理解してしまっているから。

己の罪悪感を慰めるためだけに『騎士もどき』に綺麗事《きれいごと》を吐くなんて、そんなの自分で自分を許せなくなる。

「アリアがハルトに何を言いたいのかは分からない。けど、それじゃあきっとハルトと同じだよ。アリアの頭の中には理想的な『正しいアリア』がいて、それに反することができない。似たもの同士の頑固者が二人じゃ、分かり合えるものも分かり合えないっしょ」

エフィの助言は、深く深く自分に突き刺さった。

このままでは何もならない。それは確かだ。

だけど……そこから先、どうやって彼に想《おも》いを伝えればいいのかが分からない。

欺瞞《ぎまん》や保身のない誠意を伝える方法が、どうしたって思い浮かばないのだ。

「……エフィさんはよく人を見ているんですね」

『騎士もどき』と関わった時間はアリアとそう変わらないはずなのに、自分よりずっと彼の本質を捉えているように思えた。

素直な感心を言葉にすると、エフィは少しだけ苦笑を浮かべる。

「あたしはアリアより魔法に通じているから」

言われて、納得した。

魔法は人の本質を表わすもの。

だから、それに精通する者は魔法を見ただけで術者の本質をある程度見抜いてしまう。

『騎士もどき』がゴードン相手にやってみせたように。

きっとエフィも、あの『騎士もどき』の魔法からアリアには分からないものを感じ取っているのだろう。

「ま、あたしに言えるのはそれだけだし。妙なお節介してごめんね」

言いたいことを言い終えたのか踵《きびす》を返すエフィ。

「いえ……助かりました」

まだ具体的にどうすればいいのかは分からないけど、もやもやと心を塞いでいた感情と向き合う方法を、少しだけ摑《つか》めた気がする。

と、その時、部屋の外から大きな足音が聞こえてきた。

「おい、アリア。地下通路見つけたぞ。やっぱりここにありやがった……って、エフィも一緒か」

一人真面目に仕事をしていたらしいゴードンが、嬉々《きき》として報告してきた。

「分かりました。では団長に報告しましょう」

彼に対してちょっと申し訳なくなりながらも、アリアは顔に出さずに通信用の魔法具を用意した。


アリアの報告を受けた団長は、すぐに団員を招集した。

結局、他の小隊に組み込まれることなく一人で探索を続けていた俺も、それに応じて街へと戻ることに。

「で、その通路とやらはどこなんだ？」

団長がアリアに訊ねると、彼女は通路の一角にあった壁をコンコンと拳で叩《たた》く。

明らかに内部が空洞になっている音だ。

「……『弟』より少しずれているみたいだな。地下の地形の関係なのか、そこまでは複製できなかったってことか」

「複製？」

妙な言葉に俺が問い返すと、団長は一つ頷いて答えた。

「ああ。双子遺跡『兄』の特性は恐らく『複製』だ。本来、違う国だったにもかかわらず、

『弟』と瓜二《うりふた》つの見た目、施設、防衛装置の分割、何より偽神の数の多さ。その他いくつかの資料を検討した結果、『弟』にあったものを複製したと判断した」

言われてみれば、確かにそう思えるところはいくつかあった。

転移と複製。どちらも今の人類の手に余る技術である。

「…………」

そこで、首筋がちりちりと焼けるような嫌な感覚を覚えた。

見落としてはいけないものを見落としているというか、ピースが揃《そろ》っているのにパズルを完成させられないというか、そういう感覚である。

「とにかく、地下を調べてみるぞ。先頭はハルト、お前に頼む」

その違和感めいた感覚と向き合っていると、思考を中断させるように、団長が命令を出してきた。

「ああ、分かった」

俺はさっきまでの思考を頭の片隅に追いやって頷いた。

命を賭けるのだ。余分な思考を持っていては死に繋《つな》がる。

まあ死ぬこと自体は構わないが、できる努力をせずに死ぬのは俺の流儀に反するのだ。

「『弟』同様、転移の罠《わな》が仕掛けられている可能性があるから気を付けろ。必要なら何人か仲間を連れていって構わないが？」

安全面を配慮しつつも、アリアとは違って半ば俺の死を計算に入れているような指令。

それにどこか安堵《あんど》を感じながら、俺は頷《うなず》いた。

「一人でいいさ。十五分以内に通信がない場合は、届かないほど遠くへ飛んだか、死んだと判断してくれ」

俺は念のために通信機を通話状態にすると、隠し通路の扉が開くのを待ってから歩き出した。

その寸前、何か言いたげなアリアと目が合ったが、すぐに視線を切る。

今度はエフィも『弟』の時よりうまく解錠できたのか、落とし穴の罠は発動しない。

そうして隠し通路に踏み込んだ俺を迎えてくれたのは、『弟』と同じ薄暗く狭い空間。

こんな道を一人で歩いていると、つい過去の光景が脳裏によぎる。

俺が死ぬはずだった日、死ぬはずだった場所。

あの時もこんな薄暗くて、孤独で、だけど自分の死を誰にも見せなくていいことに少しだけ安堵していたのだ。

……なのに、なんで生き残っちまったのかね、俺は。

と、そんな感傷を断ち切るように、地下通路は終わりを迎える。

そうして現れたのは、湖のある大きな空間。

「『弟』にもあったところだな……」

ここまで再現したのか、几帳面《きちようめん》なことで。

「そういや、『弟』のほうにはでっかい偽神がいやがったっけ」

渋面を浮かべながら、俺は湖面を覗《のぞ》き込む。

しかし、あの時のような魚影は見当たらなかった。

「あれは『兄』から転移したものって話だが、複製は作られてないらしいな。これなら安全と言っても——」

言いかけた途端、またさっきの違和感が警鐘のように強く脳裏に響いた。

『兄』から転移した偽神。複製の可能性。

もしかして、さっき見落としていると思ったものは——。

『きゃあああああああああああああああ!?』

俺が真実に辿《たど》り着こうとしたその瞬間、絹を裂くような悲鳴が、通信機から響いた。

「おい、どうした!?」

通信機に声を掛ける。が、返事がない。

ただ怒号と悲鳴、激しい爆発のような音だけが響いてきた。

くそっ、すぐ戻らねえと！

俺は全力疾走で通路を走り、『叡智の雫』と合流しようとする。

だが、地下通路を進んだ先にあったのは地上の施設ではなく、荒れた畑のような空間だった。

「転移の罠……！」

ちくしょう、やっぱり仕掛けられていやがった。

俺は地上への帰還方法を探し、必死に走り続ける。

その間にも、通信機からは惨状の様子が聞こえ続けた。

『逃げろ！　殺される！』

『うあああああ!?』

『うで、俺の腕が……』

『怪我人《けがにん》の待避を優先し――きゃあああああ!?』

何が起きているのかは全く分からないが、とんでもない混乱の極致にあるらしい。

くそ、これじゃあの時と同じじゃねえか！

身の丈に合わない『空の遺跡』の攻略。次々と死んでいく仲間たち。

あの地獄をもう一度味わうなんて、死んでもごめんだ！

見知らぬ景色を駆け抜ける。
暗い密林、赤い砂漠、雪の洞窟。
未知の空間をいくつ踏破しただろうか、ようやく俺は、元いた施設へと戻ってきた。
そして――そこにあった光景に愕然《がくぜん》とする。
「こいつら、なんで……⁉」
半壊し、半ば屋外と化した施設と、血塗《ちまみ》れの団員。
『叡智の雫』は僅か数分で壊滅状態に陥っていた。
敵対している相手は、見覚えのある存在。
窪《くぼ》んだ眼窩《がんか》、鉛の塊のように重い殺意。骨組みだけで出来たような姿。
倒したはずの『偽骨猟犬《ガルム・ハウンド》』がいた。それも、一体だけじゃない。
視界に映る限り――五体。
一体だけでも手に余った化け物が、五体。
「複製個体か……！」
ああ、くそ！　もっと早くこの可能性に気付くべきだった。
『偽骨猟犬』は『兄』から来た破壊者。その『兄』には複製の技術がある。
もし――『弟』に転移する前に、あの偽神も複製されていたとしたら？

これほどの兵器だ。『兄』が戦力として利用しようとしていても不思議じゃない。

そうして複製してみたものの、やはり手に負えなくて『弟』もろともこいつに滅ぼされたとしたら。

その可能性は、十分にあり得ることだった。

「最悪だな……！」

硝子《がらす》の剣を生み出して戦線に飛び込む。

どこから助けたものかと悩んだのは一瞬。

すぐ近くに見覚えのある銀髪が吹き飛ばされるのが見えて、即座に割って入った。

『偽骨猟犬』の爪を受け流し、前足に一撃を打ち込む。

相手がよろめいた瞬間、跳躍して左肩の関節に全力の振り下ろしをかました。

流れるような連撃に相手は確かな損傷《ダメージ》を受け、動きが止まる。

悪いな、俺はお前のお仲間と一晩中遊んでたんだ。戦い方は完璧に把握している。

偽神に隙が出来たのを見ると、俺はアリアを抱えて後方まで下がった。

「無事か、アリア」

唐突な俺の乱入に目を丸くしていたアリアは、声を掛けられてようやく我に返ったらしく、はっとしたように目の焦点を俺に合わせた。

「は、はい。ありがとうございます。『騎士もどき』」

「いや、すまない。来るのが遅れたらしい。状況は？」

矢継ぎ早に訊《たず》ねると、彼女は深刻そうな表情をしながらも端的に言葉を返してくれる。

「分かりません。地下通路が開いたのがきっかけになったのか、いきなり襲撃されました。団長が素早い対処をしてくれたので今は保《も》っていますが、戦闘不能者が何人も出ています」

周りを見渡せば、生死不明で倒れ込んだり、身体《からだ》の一部がなかったりする団員たちが何人もいた。

その中で異彩を放っているのは、やはり大剣を持った団長である。

彼は奇襲を受けたにもかかわらずまるで動じることもなく、『偽骨猟犬』を三体も同時に相手取っていた。

なんつうデタラメな強さだ。本当に人間かよ。

「よし、立て直す。俺と団長で一時的に『偽骨猟犬』を全部引きつけるから、お前は怪我《けが》人の待避と補助を頼む」

「わ、分かりました！」

アリアが頷くのを確認してから、俺は硝子の剣をどろりと溶かして茨《いばら》の鞭《むち》に変えると、挑発するように残り二体を引きつけた。

同時に、アリアの補助魔法が自分に浴びせられるのを感じる。

身体が軽い。これなら二体相手でもしばらく保つだろう。

「アインハルト！　よく戻ってきた！　命懸けで食い止めろ！」

俺の参戦を確認すると、団長が大声で怒鳴った。

「言われるまでもねえ！」

二体を相手にギリギリの攻防を続ける。

相手の攻撃を避《よ》け、集団の隙間を縫うように進み、時にくるりと回って受け流す。

まるで嵐の海で遭難する小舟のようだ。少しでも舵《かじ》取りを間違えたら、あるいは突風に吹かれたら、一気に転覆して海の藻屑《もくず》となる脆《もろ》い小舟。

攻撃する余裕など欠片《かけら》もなく、ただ次の一秒を生きることだけに全力を尽くす。

一方で、団長は俺より一体多く引き受けているにもかかわらず余裕があるようで、何度か攻撃に転じては有効打を放つ怪物っぷりを見せていた。

なんて凄《すさ》まじい実力。

いかにA等級《ランク》騎士団の団長とはいえ、ここまで飛び抜けた豪傑はそういないだろう。

だが――それがよくなかった。

損傷を与えられた『偽骨猟犬』のうち二体は危機を感じたのか、団長から離れて四肢を大地に固定する。

「オオオオオオオオオオオオオオオオオオ！」

次の瞬間、奴《やつ》らの身体が真っ黒に染まった。

まずい、あれは――！

「団長！　でかいのが来るぞ！」

俺が叫ぶと、団長は側《そば》にいた敵の一体の陰に隠れるように素早く移動した。

それとほぼ同時、黒くなった怪物たちの口から特大の魔力砲撃が発射される。

一瞬の溜《た》めから解き放たれる破壊の閃光《せんこう》。

射線上にいた味方もお構いなしに粉々に消し飛ばしながら、団長を殺害するべく突き進む――！

「ぬうん！」

が、化け物度合いでは団長のほうが一段上らしい。

腕の筋肉にありったけの魔力を注ぎ込むと、彼は思い切り大剣を横薙《よこな》ぎする。

ただそれだけで、魔力砲撃は彼方《かなた》の方角へ弾《はじ》き飛ばされてしまった。

「なんっつー……」

俺が感心と呆《あき》れがない交ぜになった感情に包まれていると、砲撃後の硬直を狙ったのか、背後から血塗れのゴードンが思いっきり飛び出してきた。

「今のうちにぶっ殺す！　『大地迸る蛇《レクタ・ファルマ》』！」

「『灼火の暴風《アベラトル・テンペスタス》』！」

そして、それを援護するようにエフィの詠唱も響く。

大地を走る衝撃と、空から迫る炎の波。

ただでさえ団長によって損傷を受けていた一体はそれがトドメになったらしく、身体の半分がバラバラの黒焦げになって撃沈した。

振り返ると、治療を終えた団員たちが次々と戦線復帰してくるのが見える。

「下がって、『騎士もどき』！　しばらく交代します！」

指揮に復帰したアリアが、仲間に補助魔法をかけながら叫ぶ。

完全に奇襲から立ち直った。これならいける！

俺が希望を抱いた、その時だった。

「無理だな、これは」

冷徹で硬質な団長の声が響く。

驚いて彼を振り返ると、その手に持っていた大剣が音を立てて砕けるのが見えた。

「団長……」

呆然《ぼうぜん》とする俺に、彼は残った剣の柄《つか》を敵に投げつけながら答えた。

「ふん。あんなショボい砲撃にやられたわけじゃねえ。ただ、俺の全力に剣がついてこれなかっただけだ。長年の悩みでね、予備の剣もお前が来る前に使い果たした。これ以上は粘れねえだろう」

……………なるほど。

となると、残る手段は一つ。

「悪いな、『騎士もどき』。今度こそここで死んでくれ」

「ああ。請け負った」

団長の言葉に、俺は躊躇《ためら》うことなく頷《うなず》いた。

それに何を思ったのか、団長は少しだけもの悲しそうな目をする。

「お前が最初からうちの騎士団で育っていたら……いや、これ以上は言うまい」

一つ呟《つぶや》くと、彼は思いっきり息を吸ってから声を張り上げた。

「総員退却！　これより『叡智の雫』は双子遺跡『兄』から脱出する！」

その指示が響くと、遠くからでもアリアの視線が俺に突き刺さるのが分かった。

しかし、そちらを振り返ることはない。

「すまないが、うちの戦力はもうほとんど残っていない。お前の仇《かたき》を討ちに来るのは、しばらく後になるだろう」

団長は小さくそう言い残すと、俺の前から去っていった。

命令を素直に受け、どんどん下がろうとする団員たち。

俺はその援護のため、次々と『偽骨猟犬』の群れに攻撃を放っていった。

残り三体の偽神が、一斉に俺を標的にする。

ああ――これは死ぬな。

理屈ではなく、直感で確信した。

死地を何度も切り抜けてきた俺の経験が告げている。

たった一人でこの窮地を乗り切る方法は存在しない。

俺は今日、ここで確実に死ぬ。

おめでとう、アインハルト・ウィラー。

欲しかったものをようやく手に入れる日が来たんだ。

「さて……最期の晴れ舞台だ。せいぜい華々しく死んでやりますかね」

そうして俺は硝子の剣を手に、絶対的な死に挑み始めた。

「早く逃げて！　怪我人《けがにん》を優先で飛行船に乗り込ませてください！　近接戦闘が得意な人は殿《しんがり》で！」

張り裂けそうな心を必死で抑えながら、アリアは仲間たちに言葉を放った。

――また見捨ててしまった。

そんなのは悲しいと、認めたくないと思っていたのに、仲間の命を天秤《てんびん》に掛けられた途端に、その手を摑《つか》むことを躊躇《ためら》ってしまった。

《希望の道を征《い》く者よ、汝《なんじ》が愚者なら摑むがいい。我は破滅の門を開く指先。汝、骸《むくろ》の山の主《あるじ》とならん》

たった一度だけ見た詠唱が、アリアの脳裏に蘇《よみがえ》る。

彼の在り方を示す言葉の羅列。

きっと、アインハルト・ウィラーという騎士が抱えてしまった絶望の体現。

あの詠唱の意味がようやく少し分かった。

彼を摑めば、きっと自分は地獄に落ちる。

『騎士もどき』だけではなく、彼に近づく全ての者へ向けた警告文。

それがあの魔法なのだろう。

「副団長！　全員乗り込みました！」

飛行船の昇降口から、団員が叫んだ。

「分かりました。では離陸の準備を」

それを確認したアリアは、後ろ髪引かれながらも飛行船へと続く階段を登っていく。

半ばまで登ったところで、首元から何かが滑り落ちた。

「あっ……！」

音を立てて階段に落ちたのは、彼にもらった銀の剣。

それを拾おうとして、一瞬だけ躊躇ってしまった。自分にこれを持ち続ける資格があるのだろうかと。

「副団長！」

団員が急《せ》かす声が聞こえてくる。

──進め。こんなところで物思いに耽《ふけ》って何の意味がある。

気休めのお守りなど捨てて、それをくれた彼の命も捨てて、自分は生きてリーザルトへ帰るのだ。

きっとそれは、この場で最も正しい選択。

『俺の命は、革袋一杯の金貨で買える程度のものさ。そんな価値しかないものを無理に尊重しようとしなくていい。お前らはもう支払いを終えたのだから』

彼の言葉が蘇る。

いくばくかの金貨で自分の命を売り払うような死にたがりの傭兵《ようへい》と、自分を信じて命を預けてくれる団員。

どちらの命が重いかなんて、論ずるまでもなく明らかだ。

だから自分は間違ってなどいない。

だから気にする必要などない。

だから――彼はあんなふうに振る舞っていたのか。

「――――！」

瞬間、目が覚めるように気付いてしまった。

そうだ、自分は間違っていない。気にする必要などない。

アリアがそう思えるように、自分を正当化できるように、彼はああ振る舞ったのだ。

自分の命の価値を貶《おとし》めて。

こんな価値のない命を見捨てるくらい気にしなくていいのだと、お前は間違っていないのだと――今まで彼を見捨ててきた全ての人間に語りかけてきたのだ。

自分のために、罪悪感を抱く必要などないと。

「ああ……そっか」

それが、彼の願ったやり直し。

欲しかったのは死ではなく、自分の死を乗り越えていく人々の未来。

自分が価値のない存在だと証明することで、自分を捨てた全ての者を、その罪悪感から守ろうとした。

故に彼の在り方《まほう》は、宝石にも金属にもなりきれない無価値な硝子《がらす》。

身体《からだ》も心も本当は脆《もろ》いくせに、そんな脆いものを武器として、必死に誰かを守ろうと、絶望と戦おうとしている。


敵《かな》わずに何度も砕け、その度に破片を拾い集めてまた武器とする硝子の騎士。

それが、アインハルト・ウィラーという騎士の在り方だったのだ。


その献身に、不覚にも涙が出た。

あまりに不器用で、愚かで、歪《ゆが》んでいて——だけど誠意と優しさだけで出来た在り方。

気付いてしまった。気付いてしまったら、このまま進むことはできない。

だって、アリアはその気高さに確かな価値を見出《みいだ》した。敬意を抱いた。

であれば、それを見捨てることなどあり得ない。

その尊さを救わない自分自身を誇ることなどできないのだから。

決めた瞬間、思考より早く身体が動いた。

「副団長⁉」

銀の剣を拾うなり階段から一気に飛び降りたアリアに、上で待っていた団員が悲鳴を上げる。

「どうした？」

異変を察知した団長がその団員の隣にやってきた。

そして、アリアを見るなり顔をしかめる。

だけどアリアは動じず、彼らに最高の笑みを向けた。

「すみません、団長。私、間違えます」

胸を張って、これから行う失敗を報告した。

団長はピクリと眉を跳ねさせたものの、激怒する様子はない。

ただ、一つ溜《た》め息《いき》を吐《つ》いてから口を開いた。

「……アインハルトの奴《やつ》を雇ったのは失敗だったか。うちの堅物副団長が、こうまで感化されるなんて」

そう言うと、少し悲しそうな表情を浮かべながらも、一つ頷いた。

「行くなと言っても無理な話か。覚悟を決めた騎士の言葉だ、不本意ながら尊重しよう」

「はい。今までお世話になりました」

深々と頭を下げると、アリアは踵《きびす》を返して走り出した。

未来のない戦場へと、誇らしい気持ちとともに。


爪が深く腹を抉《えぐ》る。

意識が白く染まるほどの激痛。身体を捻《ひね》ったら内臓《なかみ》が零《こぼ》れるかもしれない。

しかし、感情の悲鳴を無視して理性は適切に身体を動かしていた。

爪を流し、突進を捌《さば》き、噛《か》みつきを躱《かわ》して下顎を切断する。

相手の攻撃手段もその対処もとっくに学んだ。万全の状態で一対一なら、一週間だって戦い続けられるだろう。

だけど、相手は三体。

高度な連携もなく、それぞれがバラバラに戦っているような稚拙な敵だが、それでも数は力だ。とても敵わない。

「保《も》って十数分ってところか……」

それだけあれば、十分に『叡智の雫』を守れる。

無論、俺は死ぬが。

痛くはあるけど苦しくはない。

俺にとっては生きているほうが苦しかったから。

だけど、それももうすぐ終わる。

苦痛しかなかった人生の最後に、価値のあるものを守って死に至る。

俺のような無価値な男には、出来すぎた死に様だ。

背後から迫り来る牙を跳躍して避《よ》ける。

が、空中で身動きが取れなくなった瞬間を狙ったのか、鞭《むち》のような尻尾が轟音《ごうおん》を立てながら叩《たた》きつけられた。

「がっ！」

五十メイルは吹き飛ばされたかと思うと、背後にあった木にぶつかって止まる。

口と腹の傷からは噴水のように血が溢《あふ》れ、もう意識を保つのも精一杯。

硝子の剣はひび割れ、砕け、どろりと溶けてから霧散した。

あまりに派手な吹っ飛び方をした上に草木の茂みに落ちたからか、敵は俺の姿を見つけられずにいるらしい。

逃げるには絶好の機会。

だけど、もう指一本動かせなかった。

「……ここまでか」

血とともに笑みの欠片《かけら》を口から吐き出す。

まったくもって報われない人生だった。

生まれた時から困窮していて、溝鼠《どぶねずみ》のように生きることだけに必死で、人より恵まれているると思ったことなど一度たりともない。

そして、あの地獄から帰還した時に、俺は完全に生きる意味を見失った。

守りたかったものを守れず、手に入れたかったものを全て壊し、それでも身体は惨めに生き続ける。

死ぬべき時に死ねず、命の価値を失ったまま迷宮を彷徨《さまよ》い続けた毎日。

――その日々の終わりに、一つの意義を。

あの日守れなかったものを、もう一度守る機会が欲しかった。

今度こそ、何の悔いもなく命の結末を迎えたかった。

俺なんかの命で俺より価値のあるものを守れるなら、それは生まれてきた価値があるというものじゃないか。

それなのに、そのことで誰かが傷付くなんて、どうしても許容できなかった。

今度こそ、俺は価値のない男としての矜持《きょうじ》を全うできただろうか？

多くの価値あるものを守って、そいつらを傷つけず、ただ満足のまま死にゆくことができるだろうか？

「ああ……もう……」

意識が遠のいてきた。視界がぼやけ、音も遠ざかる。

そんな曖昧な世界の中、不意に唇に柔らかいものが押しつけられた。

「…………？」

何か温かいものが唇を割って俺の口内に侵入し、とろりとした液体を流し込んできた。

反射的にそれを嚥下《えんげ》してしまってから、その正体に気付く。

――回復薬《ポーション》。

それを、口移しで飲まされている。

全身を淡い緑の光が包み、遠のきかけていた意識が無理やり引きずり戻された。

視界が元に戻る。

と、すぐ近くにアリアの顔があるのが分かった。

俺が回復薬を全て飲んだのが分かると、すぐに遠ざかる。

った。

「お前……どうして」

呆然《ぼうぜん》としながら訊《たず》ねると、俺の吐いた血で唇を汚した彼女は、照れたようにくすりと笑った。

「つい、戻ってきちゃいました」

ああ——なんてことだろう。

また失敗した。しかも、今回は最悪の失敗だ。

「なんでだよ……！　お前が、俺に付き合って死ぬ理由なんて一つもないだろ！」

何年ぶりだろう。自然と涙が流れた。

いくらなんでも、こんな運命はあんまりだ。

守るべきものを守れず、生きた価値も残せず、何のために生まれてきたのか分からない男は、何のために生きたのかも分からないまま死ぬ。

そんなのが俺の人生なんて、とても認められないじゃないか……！

なのに、

「あなたに付き合って死ぬんじゃありません。私はただ私の信念に従っただけです。そしたら、あなたを助けざるを得なくなった。ここであなたを見捨てる自分を、私は誇ることができませんから」

なのに、どうしてその言葉を嬉《うれ》しく感じてしまうのか。

それを嬉しく思うことなんて、とても許されない。

だってこいつは、俺を助けるために死ぬのだ。

輝かしい未来があったはずなのに、それを全て俺のために放棄するというのだ。

なのに――だからこそ、嬉しい。

それほどの価値を、俺という男に見出《みいだ》してくれたことが。

決して許されないのに、嬉しいと思ってしまう。

「あの時も……本当は、みんなと帰りたかったんだ」

気付けば、俺の口からは一生認めることができないと思っていた気持ちが零れていた。

「無理だと分かっていたけど……本当は一緒に脱出したかった。叶《かな》わないって分かりきってたのに、そんな夢を……見たんだ」

現実の非情さを、当時の俺はしっかり分かっていた。

だから、一番正しい道を選ぶしかなかった。

故にこの気持ちは決して認めてはいけないもの。

俺自身の価値を否定する、禁忌の感情。

だけど……ずっと封じ込めていただけで、それは最初から胸の中にあったのだ。

ふと、アリアの両手が俺の手を包む。

目を合わせると、彼女は今まで見た中で最も柔らかい笑みを浮かべていた。

「一緒に間違えましょう、ハルト。あなたが私を守ろうとした分、私もあなたを守りますから」

「……ああ」

きゅっと彼女の手を握り返す。

「――オオオオオオオオオオオオオオオオオオオオオ！」

そこで、ようやく『偽骨猟犬』どもは俺たちを発見したらしく、雄叫《おたけ》びを上げて囲い始めた。

だけど怖くない。

今ならちゃんと自分の中にあった気持ちを認められる。

自分の中にあったもう一つの魔法を、認めてあげられる。

「アリア、一つ使いたい魔法があるんだ。付き合ってくれるか？　その……何が起きるかは、俺もよく分からないんだけど」

「ええ、もちろん」

間髪入れない返事が心地よかった。

俺が繋《つな》いだ手に魔力を籠《こ》めると、アリアも自然と同じように魔力を籠める。

――この魔法は、一人では使えないもの。

共に地獄を歩むことを決めてくれた誰かがいて、初めて使える失敗者の魔法。

魔力とともに思考が同調《シンクロ》する。

「《希望の道を征《い》く者よ、汝《なんじ》が愚者なら摑《つか》むがいい。我は破滅の門を開く指先。汝、骸《むくろ》の山の主《あるじ》とならん》――『持たざる者の幸福《ヴィーンゴールヴ》』」

詠唱は共に。

全ての魔力が繋いだ手に集まり、そして弾《はじ》けた。

俺たちを中心に真っ白い魔力の波が広がっていく。

『偽骨猟犬』たちが警戒するように後退する中、光は突如として拡散をやめると、渦を巻いて俺たちを包み込む。

息苦しいような、安心するような不思議な気分。

その中で俺は、自分の身体《からだ》が徐々に薄れているのに気付いた。

まるで夢から醒《さ》めるように、身体が消えようとしている。

正面を見れば、アリアも同じ状態になっていた。

――そっか、こういう魔法か。

間違いを選んだ騎士たちが、全てを終わらせるために生まれた魔法。

この地獄から抜け出すための、たった一つの最適解。

俺は全てを理解して、繋いだ手をしっかりと握った。

アリアも笑みを浮かべて握り返してくる。

薄れゆく感覚の中、決してはぐれないように。

そうして――二人の騎士の姿は、光に飲み込まれるように『空の遺跡』から消滅したのだった。

終章　ある傭兵の終わり

Funky soldier conquering the ruins of the Sky

目の前を舞う花びらに気を取られて、エフィ・セフェリスは足を止めた。

大通りの街路樹に咲いた薄紫の花びら。

沈んだ心を慰めてくれるような、優しい色合いだった。

「……もうすぐ春か」

再び歩き出しながら、エフィは小さく呟《つぶや》いた。

空の上を飛び回る鋼船都市にだって季節は巡る。

悲しみも苦しみも押し流すように、時間は進み続けるのだ。

そのことに少しの切なさを感じながら、エフィは『叡智の雫《ウイズダム・ドロツプ》』の本拠地の近くにある病院へとやってきた。

双子遺跡『兄』の攻略から三週間。

いまだにあの時負った傷から回復していない者も多い。

幸いなことに一般団員に死者は出なかったが、五体満足で帰れなかった者も多数おり、そういう者たちは騎士としての引退を余儀なくされた。

とになるが。

　無論、騎士でなくなったからといって見放すことはせず、新しい役職に付いてもらうこ
「ん……おお、エフィか」

　考え事をしながら歩いていると、前方から声を掛けられた。

　顔を上げてみれば、エフィより先にお見舞いに来ていたらしいゴードンが手を上げてこ
っちに歩いてくる。

「やっほーゴードン。お見舞いに……って、この言葉遣いはまずいか、副団長さん？」

　からかうように新しい役職で呼ぶと、ゴードンは露骨に渋面を浮かべた。

「やめろ、ただの代理みたいなもんだ。俺より相応《ふさわ》しい奴《やつ》が現れたら、すぐに譲るさ」

　あの双子遺跡攻略の後、空位になった副団長の地位にはゴードンが就くことになった。

　元々、実力だけなら誰よりも相応しいとされていた男である。

　双子遺跡攻略における献身的な働きにより、人格面の成長が評価され、こうして団長の
指名によって組織の第二位を勝ち取ることができたのだ。

　その割には、嬉しくなさそうだが。

「……本当はアリアのままっていうのが一番よかったんだが」

　僅かに沈んだ声を出すゴードンを見て、エフィもからかうのをやめる。

「仕方ないよ。アリアはもう……」

「ああ、分かってる。才能ある副団長にはもう頼れねえし、腕利きの傭兵《ようへい》ももういねえんだ。『叡智の雫』の未来のためには、若手どもを鍛え上げねえと。じゃあな、エフィ。早速訓練を見てやってくるわ」

ゴードンは役職の重圧と戦うように自分の頰《ほお》を叩《たた》くと、歩いていった。

その背中を見て、エフィは感嘆の吐息を漏らす。

「……あんなに自分勝手な奴だったのに。人間、変われば変わるもんね」

彼の大きな背中が廊下の角に消えるのを見送ってから、彼女は目的の病室に行くことにした。

目指すのは、人事異動の関係で新しく自分の部下に配属された騎士の病室。

その前に辿《たど》り着くと、エフィはコンコンと扉を叩いた。

「どうぞ」

少女の明るい声が中から聞こえて、エフィは扉を開ける。

そこにいたのは——アリアと、彼女の病室に遊びに来ていたアインハルトだった。

「お、エフィじゃん。うーす」

「エフィさん。すみません、ご足労いただいて」

見舞い人用の椅子に座ったまま手を振ってくるアインハルトと、申し訳なさそうにベッドの上から頭を下げるアリア。

「いやいや。これも上司の仕事だし？」

ゴードンにしたようにからかうと、こっちはかなり効いたらしく、アリアは胸を押さえて軽くうめいた。

「うぐ……み、身の丈に合わない役職なのは自覚していましたが、いざ降格となると結構きついものですね」

そう。アリア・カートライトは現在、何の役職もない平団員なのである。

あの双子遺跡『兄』からの脱出中、団長の命令を無視して死地に戻っていった行動が副団長としてあるまじきものとされ、その地位を剝奪《はくだつ》されたのだ。

そして、再教育のためにエフィの部下となったのである。

「まあ、そう落ち込むなよ、アリアちゃん。俺が付いてるじゃないか」

楽しげに笑って彼女の肩をぽんと叩くのは、傭兵稼業を廃業し、この度『叡智の雫』に新規加入したアインハルトである。

あの一件以降、アリアとの絆《きずな》がだいぶ深まったらしく、この二人が一緒にいるのをよく見るようになった。

「そ、そうですね。また返り咲けばいいんですもんね」

アリアはアインハルトの慰めで気を取り直したようで、力強く拳を握った。

それを見て、妹を見守る兄のような微笑《ほほえ》ましい表情で頷《うなず》くアインハルトである。

……この二人、どこまで進展してるのかな。

思わず詮索したくなるエフィであったが、上司という立場を持った以上、そういう干渉はちょっと控えなければいけない。

それにどうせお子様のアリアとひねくれ者のアインハルトじゃ、そう急な進展はないだろうし。

「ところでエフィさん。今日はどういうご用件で？」

アリアに促されて、エフィはどうでもいい物思いから我に返った。

「そうそう。ハルトの二つ目の魔法について調査結果が出たから、報告しようと思って」

どうも双子遺跡『兄』に二人が残った後、アインハルトは今まで使ったことのない未知の魔法を使ったらしい。

それはよほど大規模な魔法だったらしく、二人がいまだに退院できないのも、その魔法の後遺症によるものが大きい。

「本当か？　それで、あれはなんだったんだ」

自分の生命線になる情報だからか、アインハルトからはさっきまであった緩んだ空気が消え去る。

こういうところはやはり歴戦の猛者だなと感じつつ、エフィは手に持っていた調査書を二人に見せた。

「あれは手を繋《つな》いだ人にハルトの全魔力を使ってもらって、神代《しんだい》魔法の再現をするっていう魔法みたい。多分、ハルトは直前に受けた空間転移の罠《わな》を無意識に記憶していて、それを再現したんだと思う」

あの日のことは鮮明に覚えている。

アインハルトとアリアの二人を失い、暗い気持ちでリーザルトに戻ってきた団員たちの前に、彼らは猛烈な光とともに現れたのだ。

一体、何が起きたのかは分からなかったが、とにかく二人が助かった喜びと混乱のまま彼らを病院に担ぎ込み、今日に至るまで検査と治療をしていたのである。

「発動条件が厳しい上に後遺症も酷《ひど》いから滅多《めった》に使えないだろうけど、破格の魔法っしょ。よかったね、ハルト」

強大な魔法の発現を素直に祝うと、彼はどこか複雑そうな表情をした。

「うーん……情けない魔法だからあんまり喜べん」

どうも、この魔法の根幹となった在り方は、彼にとっていいものではないらしい。

魔道士であるエフィにもその感覚はよく分かるので、深く触れないことにした。多分、これに触れていいのはアリアだけだ。

ただ一つ分かることは、あれはアインハルトのために共に地獄へ落ちる覚悟を決めた者が側《そば》にいて、初めて使える魔法ということ。

窮地をいつも一人で切り抜けてきた彼が抱いた、たった一つの願いの形なのだろう。

きっと、そんなこと起こりうるはずもないという絶望の形でもあったのだろうけど。

それを叶《かな》えてしまう少女が現れて、絶望は願いに裏返り、願いは奇跡へと昇華された。

あの一件の顚末《てんまつ》は、多分そういうことなのだ。

「そっか。まあいいけど。んじゃ、あたしは忙しいからそろそろ帰るわ。二人も検査結果出たからもう退院していいよ。手続きはこっちでしとくし。じゃあね」

軽く手を上げると、踵《きびす》を返して病室の外へ向かう。

そして扉に手を掛けた時、ふと言い忘れたことを思い出して振り返った。

「二人とも、生きててくれてよかったよ。あんまり無理しないように」

そう言い残して、今度こそエフィは病室を出ていった。

パタンと扉が閉じ、エフィの気配が遠ざかるのを感じながら、俺とアリアは顔を見合わせて苦笑した。

「……やっぱり心配かけてたらしいな」

「みたいですね」

ああして素直に釘《くぎ》を刺されると、ちょっと胸が痛いものである。

今まではその罪悪感を背負いきれなかったが、今は不思議と簡単に飲み込めた。

心配されることが嬉《うれ》しいというか、心配される自分を許せるというか。

これが自分の価値を認めるということなのだろうか。

「にしても、神代魔法の再現か。なんでそんな馬鹿げた力が俺に宿ったのかね」

潜《くぐ》ってきた修羅場の数のおかげで戦闘力こそ人並み以上の自負はあるが、それでも俺にはそこまで大それた魔法を扱うほどの天性などない。

ましてや、『誰かに助けてもらいたかった』なんていう、情けない気持ちから生まれた魔法がそんな境地に至るなんて、理解ができなかった。

「……多分、なんですけど」

だが、アリアには心当たりがあるのか、自信がなさそうながらも、穏やかな表情で語り始めた。

「魔法って、その人の在り方が現れるものじゃないですか。体格とか才能とか性格とか」

「ああ。だからこそ謎なんだが」

「それ、もしかしたら他人からの評価も入ることがあるんじゃないですか？」

唐突に持ち出された仮説に、きょとんとしてしまう。

「評価って……誰かにどう思われているかってことか？」

「はい。社会的な地位や評価も、十分にその人の在り方の一つだと思うんです」

言われて、なんとなく理解できる気もした。

「けど、それだとますます分からん。俺なんてアリアの知っている通り、業界屈指の問題児だったのに」

いよいよ迷宮入りしそうな謎に、しかし名探偵アリアは苦笑しながらあっさり答えた。

「それだけじゃなかったってことですよ。確かにあなたは問題児ですし、窮地においてあなたを見捨てた多くの人間が罪悪感を抱いたでしょう。けど——それだけじゃなかった。きっと、そこには感謝もあったんですよ」

「感謝……」

今まであまり縁のなかった言葉を出され、思わず目を丸くした。

「ええ、感謝です。『助けてくれてありがとう』って、思った人も多かったんですよ。あなたは助けた人を傷つけただけじゃなかった。だから、あなたが『誰かに助けてほしい』と思った時に、それに応えたいと思う心も、確かに存在した。人間《じぶん》の手では救えなかったから、神様の魔法にまで届けたと」

それが……あの破格の魔法の正体。

だとしたら、それはなんだかとても――。

「そう……か。そうか」

胸に熱いものがこみ上げ、視界がぼやけた。

この気持ちをなんと呼ぼう？

熱くて、尊くて、どうしようもないほど切ない気持ち。

名付けて形にしてしまうのは無粋な気がして、俺はそれをやめた。

「……今、人生で初めて報われたのかもしれないや、俺」

代わりに出てきたのは、そんな言葉だった。

アリアは静かに頷くと、あの時のように俺の手をそっと握る。

「そういう気持ちを、これからたくさん積み重ねていきましょう」

「ああ」

笑って頷いてから、照れを誤魔化《ごまか》すように窓の外を見た。

眩《まぶ》しい日の光に、涙で潤んだ視界が揺れる。

その曖昧な視界の中に、ふと一人の少年の姿を幻視した。

血塗《ちまみ》れの胴体とガラクタになった手足を引きずり、地獄を這《は》い回る少年。

あの地獄から四年、ようやく少年は本当の意味であの迷宮を踏破したのだ。

——おかえり、硝子《がらす》の騎士。

そう呟《つぶや》くと、幻の中の少年が小さく微笑んだ気がした。

あとがき

読者の皆様、はじめまして。
三上《みかみ》こたと申します。

この度は拙作、『型破り傭兵《ようへい》の天空遺跡攻略』をお買い上げいただき、誠にありがとうございます。

本作は第二十五回スニーカー大賞特別賞受賞作を加筆修正した三上のデビュー作です。
まさか昔から読んでいたスニーカー文庫様で本を出せることになるとは……しかも二作同時受賞。

こうして本を出す段階になっても、いまだに信じられない気持ちです。
選考委員の皆さんには、本当に感謝してもしきれません。

ではでは、肝心の本編についても触れていきましょう。
ネタバレを含む可能性がありますので、本編より先にあとがきを読み始めた方は、一度ここでストップを。

今作は空の遺跡を攻略するファンタジー作品となっております。

やっぱりボーイミーツガールのファンタジーはいいなあと、そういう気持ちをたっぷり込めて書きました。

あと、主人公がヒロインに救われる話もいいよね！ という気持ちもたっぷり込めています。

ボーイミーツガールのファンタジーって、割と主人公がヒロインを救う側に回ることが多いと思うのですが、今作はその逆。

気分的にはアインハルトがヒロイン、アリアが主人公くらいの気持ちで書いていました。

アインハルトを主人公にしていながら、アリア視点のエピソードが多いのも、その影響です。

三上はこういう主人公力が高いイケメンヒロインがやたら好きなので、アリアは書いていて楽しいキャラでした。

一度普通に本編を読んだ後、アリアを主人公と考えてこの物語をもう一度読み直してみると楽しいかもしれません。

とはいえ、やはり一番力を込めたのはアインハルト君でしたが。

彼の特殊なメンタリティや歪《ゆが》み、救いをいかにして書くのか、三上の腕でちゃんと書き切れるのか。

この物語を書いている間は、毎日が挑戦であり、自分自身でも物語の続きが見たくて筆の速度が上がるという、充実感のある状態でした。

三上も小説を書くようになってからそれなりの時間が経《た》ちましたが、書いていてこんなに楽しいと思う作品も珍しいものです。

皆様にも、この物語を楽しんでいただけていれば、これに勝る喜びはありません。

さて、まだページがあるようですので、ここからは三上の私生活の話を。

今、三上の私生活はなかなかすごいことになっております。

具体的に言うと、締め切りまみれな状況というか……あらゆる締め切りが波状攻撃で襲いかかってきているというか……。

というのも、さっきちらっと書きましたが、三上はこの作品の他に、もう一つ別の作品で第二十五回スニーカー大賞特別賞を受賞しており、そちらの刊行準備にも追われているのです。

もう一つの受賞作のタイトルは『とってもカワイイ私と付き合ってよ！』。『型破り傭兵の天空遺跡攻略』とはまるで違う学園ラブコメで、発売日は順当にいけば来月となります。

二カ月連続刊行というやつで、それだけでも大変なのですが、今回三上はだいぶ販促を頑張らせていただきました！

この『型破り傭兵の天空遺跡攻略』の前日譚《ぜんじつたん》及び、『とってもカワイイ私と付き合ってよ！』のショートショートをカクヨムで連載をすることになったのです。

最初はちょちょいと書く程度のつもりだったのですが、いつの間にか文量は増えに増え、両作品を合わせて文庫本二冊弱くらいの文量になる勢いです。

この作品が世に出ている段階では、既に『型破り傭兵の天空遺跡攻略』の前日譚は完結している頃でしょう。

本編を読んでこの作品に興味が湧いた方、もっと見たいと思った方は是非とも読んでいただければ。

リーザルトに来る前のアインハルトの活躍が描かれております。

『とってもカワイイ私と付き合ってよ！』のショートショートも、ちょうどこの本の発売日に公開されていますので、ラブコメにも興味があるという方は是非！


最後に謝辞を。

まずは素敵なイラストを描いてくださった坂野太河《さかのたいが》様。

個人的にはアインハルトとエフィがもの凄《すご》くツボで、ラフを見た段階でかなりテンションが上がりました。

次に、二作品まとめて面倒を見てくださっている担当編集様。

更に、三上の拙い日本語を修正してくださる校正様、タイトルロゴやパッケージを考えてくださるデザイナー様などなど、関わってくださった全ての方々。

そして何より、ここまで読んでくださった読者の皆様。


本当にありがとうございました。

また次の作品でお目にかかれることを楽しみにしております。

三上こた

本作は、第25回スニーカー大賞特別賞受賞作「硝子の傭兵と空の騎士団」を改題・改稿したものです。

型破《かたやぶ》り傭兵《ようへい》の天空《てんくう》遺《い》跡攻略《せきこうりゃく》

著	三上《みかみ》こた
	角川スニーカー文庫　22235
	2020年７月１日　初版発行
発行者	三坂泰二
発　行	株式会社KADOKAWA 〒102-8177 東京都千代田区富士見2-13-3 電話　0570-002-301（ナビダイヤル）
印刷所	株式会社暁印刷
製本所	株式会社ビルディング・ブックセンター

Printed in Japan　ISBN 978-4-04-109763-2　C0193

★ご意見、ご感想をお送りください★

〒102-8177 東京都千代田区富士見 2-13-3
株式会社KADOKAWA　角川スニーカー文庫編集部気付
「三上こた」先生
「坂野太河」先生

角川文庫発刊に際して

角川源義

　第二次世界大戦の敗北は、軍事力の敗北であった以上に、私たちの若い文化力の敗退であった。私たちの文化が戦争に対して如何に無力であり、単なるあだ花に過ぎなかったかを、私たちは身を以て体験し痛感した。西洋近代文化の摂取にとって、明治以後八十年の歳月は決して短かすぎたとは言えない。にもかかわらず、近代文化の伝統を確立し、自由な批判と柔軟な良識に富む文化層として自らを形成することに私たちは失敗して来た。そしてこれは、各層への文化の普及滲透を任務とする出版人の責任でもあった。

　一九四五年以来、私たちは再び振出しに戻り、第一歩から踏み出すことを余儀なくされた。これは大きな不幸ではあるが、反面、これまでの混沌・未熟・歪曲の中にあった我が国の文化に秩序と確たる基礎を齎らすためには絶好の機会でもある。角川書店は、このような祖国の文化的危機にあたり、微力をも顧みず再建の礎石たるべき抱負と決意とをもって出発したが、ここに創立以来の念願を果すべく角川文庫を発刊する。これまで刊行されたあらゆる全集叢書文庫類の長所と短所とを検討し、古今東西の不朽の典籍を、良心的編集のもとに、廉価に、そして書架にふさわしい美本として、多くのひとびとに提供しようとする。しかし私たちは徒らに百科全書的な知識のジレッタントを作ることを目的とせず、あくまで祖国の文化に秩序と再建への道を示し、この文庫を角川書店の栄ある事業として、今後永久に継続発展せしめ、学芸と教養との殿堂として大成せんことを期したい。多くの読書子の愛情ある忠言と支持とによって、この希望と抱負とを完遂せしめられんことを願う。

一九四九年五月三日

8月1日発売！

"偽物カップル"から始まる、ウザかわ青春ラブコメ！

とってもカワイイ私と付き合ってよ！

三上こた　イラスト／さいね
「私のリア充生活のために、付き合ってください！」

陰キャ男子の大和は、クラスいちのリア充女子の結朱から突然の告白を受け、恋愛トラブル解決のために偽物カップルになることに。割り切った関係のはずだったのに、放課後の2人っきりの時間は徐々に居心地がよくなっていき――。

第25回スニーカー大賞特別賞受賞！

スニーカー文庫

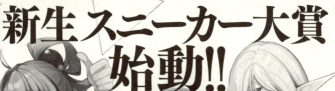